KB138239

보석을
찾는 마음

보석을 찾는 마음

1판 1쇄 인쇄 2016년 8월 16일
1판 1쇄 발행 2016년 8월 22일

—

지은이 이숙영

—

발행처 문학의숲
발행인 고세규

—

신고번호 제300-2005-176호
신고일자 2005년 10월 14일

—

주소 (121-896) 서울특별시 마포구 동교로13길 34(서교동 474-13)
전화 02-325-5676
팩스 02-333-5980

값은 표지에 있습니다.
ISBN 978-89-93838-40-4 03810

문학의숲
수 필 선

보석을
찾는 마음

이숙영 수필집

문학의숲

맑고 향기로운 삶을 꿈꾸던 시절이 있었다. 희망에 부풀어 찬연한 미래를 꿈꾸기도 했다. 그러나 살아가는 일은 만만치 않다. 세월의 흔적 위에 이상과 꿈은 하나씩 무너졌다. 분수에 맞게 산다는 것이 얼마나 힘든 일인지. 혼탁한 세상에서 소용돌이에 휩쓸리지 않으려고 끊임없이 내면과 싸웠다. 사리에 어긋나는 일은 과감히 포기도 했다. 길이란 한길만 있는 것이 아니고 여러 갈래가 있어 선택의 자유는 자신의 몫이다.

그리고 생각했다. 주어진 인생이고 어차피 살아야 할 삶이라면 주저하지 말고 도전해보자고, 빠른 길도 있겠지만 조금 더디더라도 원칙과 소신을 지키며 아름다운 인생을 가꾸자고. 고통을 외면하지 않고 현실을 인정하고 적응하라고. 인생을 좀 더 풍요롭게 창조적으로 살기 위해서는 불가피한 모험이나 위험도 감수할 용기가 필요한 것이라고. 그렇게 삶이란 모난 돌이 둥글게 될 때까지 꾸준히 갈고 닦는 자신의 내면과의 처절한 투쟁이다. 삶의 완성도는 단방에 이루어지는 것이 아니라 피나는 노력과 실천하는 생활이 일상화되어 있지 않으면 안 된다.

내가 원하든 원하지 않든 현실은 존재한다. 다양한 사람들과 인연을 맺고 다양한 에피소드를 만들며 세상은 굴러간다. 때론 즐거웠고 때론 상처받았고 때론 위안받았고 때론 행복했고 때론 아팠던 일상의 수많은 단상들이 파노라마처럼 지나간다. 인생의 고비마다 나를 지탱하게 해준 것은 책속의 주옥같은 수많은 글들이다. 성인들의 지혜는 마음의 양식이고 삶의 자양분이며, 영혼을 치유하는 힘이 담겨 있다.

이제 가슴속 깊이 묻어둔 얘기들을 하나씩 꺼내려고 한다. 그동안 부끄럽고 채찍질이 두려워 망설여왔던 나의 편린들을 배에 띄워 항해를 시작하려 한다. 잔잔한 물결일 때도 있을 것이고 폭풍이나 쓰나미가 몰려오기도 하겠지만 그 길을 헤치고 일어서기 위한 발걸음을 세상 속으로 들여놓는 순간이다. 책이 넘쳐나는 세상에 나 또한 부족한 글을 하나 더 보태고 있으니 공해가 되지 않을까 살짝 염려도 된다.

내가 힘들고 지칠 때 마음의 고향이었던 아버지와 글이 써지지 않아 좌절하고 미궁 속을 헤맬 때 한 줄기 빛을 뿜어준 나의 딸에게 첫 수필집의 영광을 안겨주고 싶다.

제1장

황금 같은
시간

눈이 부시도록 따뜻한 햇살이 베란다와 거실을 환하게 비추고 있다. 기말고사를 끝내고 가벼운 마음으로 즐기는 여유 시간. 이번 학기에 강의 들으면서 짧은 단시에 깊은 매력을 느꼈던 하이쿠시집을 펴들었다.

사람도 하나 파리도 한 마리뿐인 넓은 사랑방 (잇사)

무슨 나무의 꽃인 줄 모르는데 향기는 나고 (바쇼)

라디오를 즐겨 듣는 나는 애창곡인 이문세의 '광화문 연가'가 나오자 시를 읽다 말고 볼륨을 조금 올렸다. 커피를 마시면서 좋아하는 노래를 들으며 시를 읽고 있는 이 시간의 행복은 그 무엇과도 바꿀 수 없는 천금 같은 시간이다. 그런 행복한 시간을 깨트린 것은 초인종 소리였다. 그 순간에 나를 찾아온 사람은 평소에 언니 동생하며 알고 지내는 이웃이다.

40대 초반인 그 동생은 요즘 심한 우울증을 앓고 있다. 집안일도 하기 싫고 사람들 만나기도 두려워 집에서 하루 종일 잠만 잔다고 한다. 하루 종일 잠만 자니 몸은 천근만근 무겁고 두통까지 동반해 도무지 사는 데 재미없어 했다. 병원에서 종합검진을 받아도 전혀 이상이 없다는데 가슴이 답답하고 의욕이 없고 무기력해진다고 하소연한다. 그래도 나를 만나면 마음속의 이야기를 털어놓을 수 있어 기분전환이 된다고 하니, 그녀를 뿌리칠 수 없다. 그녀는 내가 일과 공부를 병행하며 바쁘게 사는 것을 알기 때문에 시간을 뺏어서 미안하다고 하면서도 또 찾아오게 된다는 것이다. 나로서도 아까운 시간이지만 도움이 된다고 하니 시간을 할애할 수밖에.

'황금 같은 시간'이라는 말은 '시간은 돈이다'라는 말과 일맥상통한다. 사람들은 '시간은 돈이다'라는 말을 경구삼아 자주 사용하지만 구체적으로 어떻게 돈이 되는지 가늠하지 못하는 것 같다. 그래서 시간을 아껴서 사용하는 사람들도 있지만 반면에 시간을 한없이 낭비하는 사람들도 부지기수이다. 내가 생각하는 시간이란! 미래는 계속하여 현재가 되고 현재는 계속하여 과거가 된다. 그러므로 현재의 시간이 중요할 뿐 아니라, 현재는 자신의 꿈을 이루는 과정이라고 할 수 있다. 흔히 게으른 사람이나 시간을 허비하는 사람을 보고 어른들이 '황금 같은 시간'을 그렇게 허송해도 되느냐고 책망하는 모습을 자주 보았다. 그만큼 시간관념이 없는 사람들이 주변에 많이 있다.

시간은 누구에게나 차별 없이 공평하게 주어진다. 빈부의 차이도 신분의 차이도 남녀노소의 차이도 없이 똑같은 기회를 주고 있다. 다만, 그 황금 같은 시간을 얼마나 효율적으로 관리하느냐에 따라 인생의 성공과 실패가 엇갈린다. 인생에 실패한 사람들은 운명을 탓하고 환경을 탓하고 세상의 각박함을 한탄하다가 시간만 흘려보낸 것은 아닌지 되짚어볼 일이다. 정말 시간을 황금처럼 아끼고 소중하게 사용했는지 아니면 자신도 모르는 사이 누군가에게 시간을 도둑맞고 있는 것은 아닌지, 시간을 절제하고 지키려고 최선을 다했는지 곰곰이 생각해 봐야 한다. 훌륭한 성인들뿐 아니라 성공한 사람들의 전기를 보면 철저한 자기시간 관리와 피와 땀으로 일궈낸 노력의 결과임을 누구나 알게 된다. 다만 알면서도 실천에 옮기는 것이 어려운 것이다.

나는 가끔 지인들을 만나면 우스갯소리로 "내 황금 같은 시간을 뺏고 있어요."라고 말한다. 그 말은 그만큼 만나고 있는 사람이 소중하다는 의미이고 다른 한편으로는 귀한 시간을 내주셔서 감사하다는 뜻도 포함된다. 내 시간이 소중하면 다른 사람의 시간도 소중하기 때문에 꼭 필요하게 만나야 될 일이 아니면 함부로 남의 시간을 뺏지 않으려 한다.

7월 들어 일정이 아주 빠듯하게 짜여 있다. 문학기행 2박 3일, 세미나 1박 2일, 모꼬지 1박 2일, 친목 모임 등이 이달에만 5~6개 겹쳐 있어 다 소화하려면 직장과 집안일에 소홀할 수밖에 없어 고민에 빠졌다. 어찌 보면 다 참석해야 하는 행사인데 함께하지 못할 때는 미안함과 함께 다음 모임 때 어색하고 쑥스럽다. 그래서 모임을 줄이고 싶은데 그동안 맺어온 관계 때문에 쉽게 결석하거나 탈퇴한다는 말을 못하고 있다. 그렇다고 사생활을 일일이 다 설명할 수 없으니 간혹 오해가 생기기도 한다.

나의 하루는 오전 6시에 기상하여 다음 날 오전 1~2시 사이에 취침한다. 그러니까 수면시간은 기껏해야 5시간가량 된다. 십 수 년의 습관이어서 이젠 신체리듬도 적응하여 별 무리 없이 이겨내고 있다. 고3 아들 뒷바라지, 직장일, 지천명에 시작한 학교공부, 집안일 등 잠시도 한눈 팔 시간이 없는 빡빡한 일정이다.

매장에 있어야 할 시간을 뺏기면 고객과의 만남이 줄어들어 매출에 마이너스 요인이 되고, 식사준비 시간을 뺏기면 외식을 해야 하므로 외식비 지출이 생긴다. 또 여가시간을 뺏기면 에너지를 충전할 시간이 없어지니 피로감이 쌓여 가족에게 영향을 미친다. 공부할 시간을 뺏기면 시험 때 두 배로 스트레스를 받아 건강에 이상

신호가 온다. 운동하는 시간을 뺏기면 컨디션 조절이 안 돼 타인을 배려하는 마음에 영향이 미치는 것 같다. 때로는 휴식이 필요하고 사회생활을 위해서 사교모임도 필요하다. 하지만 미래지향적인 생활을 유지하려면 시간을 잘 조절하고 절제해야 하는 노력이 그 무엇보다 중요하다.

물이 흐르듯 시간도 흘러가고 있다. 우리의 삶도 흐르는 물과 같아 고여 있으면 상하듯이 나태하지 말고 꾸준히 자기계발에 힘써야 한다. 삶의 완성도는 단번에 이루어지는 것이 아니라 철두철미한 계획과 실행에 의해서만 가능하다는 것을 그동안의 축적된 경험으로 느끼고 있다.

보석을 찾는 마음

크기가 6포인트쯤 돼 보이는 영어 알파벳이 둥둥 떠다니더니 점점 글자가 커지기 시작한다. 아니 풍선처럼 빵빵해진 글자는 곧 터지기 일보 직전이다. 무서워서 글자들을 피해다니지만 어느새 그것들은 나를 쫓아왔고 그중에 한 글자가 내 입속으로 밀고 들어온다. 입이 아파서 소리를 지르고 싶은데 글자가 입안을 가득 채우며 소리를 막아버렸다. 기력을 다해 글자를 밀어내보지만 역부족이다. 점점 기운을 잃고 온몸이 마비되어 그 자리에서 쓰러졌다. 눈을 뜨니 꿈이었다. 그것도 아주 지독한 꿈 말이다. 수능시험을 불과 일주일 앞두고 이처럼 기운 빠지는 꿈을 꾸다니, 예감이 영 좋지 않다. 영어에 대한 꿈을 꾼 것이 한두 번이 아니지만 이번처럼 무섭고 나를 질리게 한 것은 처음이다. 이런 꿈을 꾸기 시작한 것은 대학 수능시험 공부를 시작하고 나서 일 년이 지나면서부터인 것 같다.

심리학 공부가 하고 싶어 오십이 다 된 나이에 수능공부를 하겠다고 덤볐다. 늘 공부에 목말라 해오던 것을 구체적으로 생각하고 행동으로 옮긴 것이다. 항상 공부에 대한 미련을 버리지 못하고 그 아쉬움을 책으로 달래곤 하였다. 그러나 책을 읽는 정도로는 학구열에 대한 나의 목마름이 채워지지 않았다. 대학은 언제나 그리움의 대상이었고, 꼭 한 번 인생에서 도전해보고 싶은 영역이었다. 공부가 쉬운 일이 아니라는 것은 알고 있었지만 더 미루다가는 도전할 기회조차 잃어버릴 것 같았다. 그나마 시대를 잘 타고나서 인터넷이 발달한 나라에 살다 보니 많은 정보를 얻을 수 있고, 학원을 가지 않아도 공부할 수 있는 여건이 사회적으로 마련되어 있다는 것이 행운이었다. EBS 수능방송 강좌는 기초부터 시작하여 자기 수준에 맞는 강의를 찾아서 들을 수 있게 체계적으로 시스템이 잘 갖춰져 있었다. 강사진도 고등학교 현장에서 학생들을 직접 가르치시는 선생들로 구성되어 있어서 마치 학교에서 수업을 듣는 것 같았다. 독학을 하는 사람들에게는 더없이 맞춤한 수업이고 인터넷 학교였다.

서재 방은 컴퓨터 책상과 수능시험에 필요한 교재들, 문제집들과 다양한 색상의 필기도구, 녹음기, 전자사전, 노트들만으로 채웠다. 이것들은 대학에 합격할 때까지 나와 함께 희로애락 할 친구들이었다. 컴퓨터 책상 앞에 '나는 할 수 있다', '포기란 내 사전에 없다'라는 문구를 커다랗게 붙여놓았다. 그뿐이 아니다. 외부와의 모든 것을 단절하고 오로지 공부에만 집중할 수 있는 여건을 만들었다. 누가 보면 고시 공부라도 하는 것처럼 유난스럽게 보일지 모르지만 그건 각오였고 그만큼 절실히 하겠다는 의지였다.

인터넷 강의의 장점은 학습자가 원하는 시간에 언제든지 시청할 수 있고 부족한 부분은 반복해서 들을 수 있다는 점이다. 또한 각 영역별로 초급, 중급, 고급, 심화반까지 세분화되어 있어 자신의 실력에 맞게 선택해 강의를 들을 수 있다. 처음 3개월은 중학교 과정을 마스터했다. 그다음 6개월은 고등학교 과정을 마스터하고 남은 시간은 수능공부에 집중했다. 국어, 국사, 윤리 등은 그동안 철학을 비롯하여 역사, 고전, 소설, 시 등 다양한 책들을 가리지 않고 많이 읽은 덕분인지 이해가 쉬웠다. 이해가 잘되니까 진도도 무리 없이 나가고 재미도 있었다. 그러나 복병은 항상 어디에나 있다. 바로 대학 수학능력 시험의 외국어 영역인 영어였다. 중학 영어를 할 때는 단어와 숙어, 문장을 해석하며 강의를 잘 따라갔다. 고등 영어로 접어드니 확실히 어려웠다. 우선 단어의 분량이 많아지고 듣기도 전혀 안 돼 있는 상태라 3개월이 지나서 아는 단어가 겨우 귀에 들어왔다. 영어시험은 듣기를 포함하여 독해, 어휘력, 숙어, 문법 등 외워야 할 것이 산 넘어 산이었다. 예습, 복습을 철저히 한다고 했지만 영어는 시간이 지날수록 실력이 쌓여가는 것이 아니라 오히려 혼동이 왔다. 어휘력만 해도 외울 것이 왜 그리 많은지 동의어, 반의어, 파생어, 연결어구, 부사구, 추상명사, 속담관련 어휘, 구어체 표현, 다의어 등, 그러나 새로운 단어가 들어오면 앞전에 외웠던 것들은 점점 자리를 내주고 빠져나갔다. 어휘력에 더 많은 시간을 집중했던 것도 어휘를 많이 알면 문제를 풀 때 이해가 쉬웠기 때문이다. 밥 먹는 시간도 아까워 단어장을 옆에 놓고 보면서 먹었다. 공부방은 물론 화장실, 냉장고, 집안 곳곳에 영어 문장으로 도배를 하였다. 최소한의 잠만 자고 씻는 것도 까먹기 일쑤였다. 하지만 기억력의 한계에 부딪치자 영어에 대한 압박감은 말로 표현할 수 없을 정도로 커졌다.

공부를 시작하기 전에는 건강검진에서 신체 나이가 십 년 젊게 나왔는데, 일 년 반 동안 몸무게는 5kg이나 빠지고 흰머리가 늘어났으며 무릎 관절이 나빠지고 시력이 저하되고 급기야는 변비와 설사 두통이 뒤따랐다. 한의원에서 총명탕을 지어먹어 가며 가까스로 버티었다. 수능시험을 3개월 남겨두고는 기출문제와 예상문제를 푸는 데 많은 시간을 할애했다. 초시계를 옆에 놓고 시간에 맞춰 문제 푸는 연습을 하는 동안, 반도 풀지 못했는데 시간이 다 되었다는 알람을 수도 없이 들어야 했다. 하루에 20시간씩 꼬박 매

달려 지옥훈련을 하듯 1년 반을 공부와 싸웠다. 공부와 싸운 것이 아니고 나 자신과의 싸움이었다.

수능시험 보는 날 교문에서 내가 학부형인 줄 알고 들어가지 못하게 하였다. "어머니는 들어가시면 안 됩니다." 나는 순간 당황하여 수험표를 보여주었다. 시험장에서는 자식 같은 아이들과 같이 앉아 있으니 긴장이 더 되었다. 따지고 보면 나나 학생들이나 긴장되기는 다 마찬가지일 것이라고 마음을 다독였다. 드디어 영어시험 시간, 듣기가 제일 먼저 나왔다. 머릿속이 하얘졌다. 간혹 아는 단어가 들렸지만 끝까지 듣지도 못하고 그 단어를 짐작하여 문제를 풀었다. 5분 남았다고 시간을 알려주는데 남은 문제는 하늘에 맡기고 찍은 것 같다. 시험이 끝나자 점수는 둘째였고 우선 마음이 날아갈 것처럼 가벼웠다. 집에 돌아와 먹고 자고 먹고 자고 그러기를 3일 동안 했다. 수능 성적이 발표되는 날 다른 과목들은 예상대로 점수가 나왔지만 영어에서 4등급이 나왔다. 결과에 대해 의외로 마음이 담담했다. 부천 가톨릭대학 심리학과에 원서를 내고 논술 시험을 마치고 세 분 교수님의 면접을 끝으로 대기자 명단에 예비 2등으로 이름이 올랐다. 누군가가 등록을 하지 않기를 은근히 바랐는데 운이 따라주지 않았다. 심리학과는 당초에 나하고 인연이 없나 보다.

지금 다시 하라면 난 차라리 죽음을 택하겠다고 선언할 것 같다.

꾸준히 공부해 온 학생들도 수능이 어려워 스트레스를 받는데 기억력이 감퇴되어가는 나이에 겁 없이 공부하겠다고 뛰어 들었으니 그 길이 고난일 것이라는 예상은 했지만 상상을 초월할 정도로 괴로운 시간들이었다. 내가 천재도 아니고 평범한 사람이 그것도 수도권의 심리학과를 목표로 정했으니 뭘 몰라도 한참을 몰랐다.

다시 지옥의 문으로 들어가 수능공부를 하려니 영어 생각만 하면 가슴이 답답하고 숨이 탁탁 막혔다. 차선책으로 문예창작학과를 선택했지만 그 길도 역시 만만찮다. 창작의 고통 역시 영어 공부만큼 고행의 길이다.

보석을 찾는 마음

가훈 바꾸기

우리 집 거실 벽면에는 '正心, 正言, 正行'이라는 가훈이 걸려 있다. 가훈은 결혼과 동시에 가정의 화목과 정신수양을 위해 선택한 글이다. 민속촌에 갔을 때 수많은 가훈 중에서 유독 이 글이 눈에 띄어 사게 되었다. 가훈은 소파에 앉으면 자연스럽게 하루에도 몇 번씩 눈길이 가 멈추는 곳에 걸려 있다. 오늘도 정말 바른 마음으로 바른 말을 했으며 바르게 행동했는지 생각해보게 된다. 언젠가부터 삶이란 내가 원하는 대로 흘러가지 않는다는 것을 알았다. 본바탕대로 살기엔 세상이 너무 가파르다는 것을 깨우치는 순간 가훈은 내 어깨에 무거운 짐을 지우고 있었다.

흔히 성격이 운명을 좌우한다고 하지만 꼭 그렇지만은 않은 것 같다. 모든 인간관계는 상대가 있기 때문에 이해타산에 얽매여 본질을 흐리는 태반의 경우를 보아왔고 경험했다. 사람들은 열 번 잘해도 한번 잘못하면 잘못하는 것만 두드러지고 서운해하며 섭섭해한다. 사람은 감정이 있는 동물이라 어느 한쪽이 한결같이 잘할 수만은 없다. 인내에도 한계가 있다. 특히 자신의 현재의 위치나 상황에 따라 시시각각 변하는 마음의 정서가 관계를 위축시키기도 하고 악화시키기도 한다. 때론 그것이 누군가의 이간질로, 오해로, 질투로, 시샘으로, 욕심에서 비롯되어 진실은 묻히고 쌓았던 덕은 한순간에 날아가버린다. 불경에 따르면 덕은 겸손에서 쌓인다고 했는데 그것을 알면서도 행하지 못하는 괴로움이란 미약한 인간이기 때문이리라. 버나드 쇼는 인간에게 두 가지 비극이 있는데, 하나는 욕망대로 살지 못하는 삶이고 다른 하나는 욕망대로 사는 삶이라고 한다.

최근에 나를 보면 가식 없이 자신에게 솔직하지도 못하고 옳은 일이라도 나를 성가시게 하면 피하기 바빴던 것 같다. 또 순간순간 변덕스런 마음의 변화는 참고 인내하기보다는 감정을 표현하여 상대에게 상처를 준 것은 아닌지 하는 생각을 떨쳐버릴 수 없다. 마르셀 프루스트의 "인생의 고통은 우리의 마음이 시시각각 변하기 때문에 생긴다"라는 글이 절실하게 공감이 간다. 무엇보다 나를 괴롭히는 것은 그림자처럼 따라 다니는 수식어들이다. 내가 원해서 생긴 것들이 아니다. 범생이, 교과서, 바른생활, 생활부장, 규

율반장 등의 낱말들은 내 생각하고는 전혀 다른 낱말들로 이젠 사양하고 도망치고 싶을 뿐이다. 그래서 먼저 가훈부터 바꿔야 할 것 같다.

 몇 달 전부터 양심의 소리가 나를 괴롭히고 있다. 극히 사소한 일일 수도 있지만 세상에서 가장 가까워야 할 사람들과의 관계인 터라 배신감이나 실망이 더 커서 할 도리를 저버리고 싶은 마음이 앞선다. 나는 어머니와도 언니와도 틈이 벌어져 불편하다 못해 단절로 치닫고 있다. 이런 관계는 오랜 세월동안 작은 불씨들이 쌓여온 것이다. 어머니는 집안의 온갖 궂은일은 어릴 때부터 나를 시켰다. 그뿐이 아니다. 어머니가 나에게 거짓말하고 내 눈을 속이는 행동들이 처음이 아니라 지속적이라는 것에서 느끼는 배신감이다. 어쩌다 어머니한테 언니에게 부탁하라고 하면 "네 언니는 아무것도 할 줄 모른다"라며 나에게만 의지한다. 나를 더욱 불쾌하게 만드는 것은 어머니의 그런 행동을 알면서도 동조하는 언니의 얄미운 행동들이다. 별것 아니라고 여태껏 참아왔지만 더는 받아들일 수 없는 지경에 이르렀다. 이해하고 용서할 수도 있지만 그러고 싶지 않은 게 문제이다. 용서라는 단어는 혼자만의 것이 아니다. 상대와 같이 화해가 이루어지지 않는다면 그것은 용서가 아니다. 더구나 상대가 반성의 기미도 없고 무얼 잘못했는지조차 느끼지 못한다면 무슨 용서가 필요할까. 그냥 사태를 수습하기 위해 미봉책으로 용서하고 넘어간다고 해서 관계가 회복되는 것은 아니다. 다른 형제나 친척들과의 관계 때문에 체면상 용서하고 화해하는 것은 허울뿐인 얄팍한 술수이다. 진심이 담기지 않은 화해는 아니한 만 못하다.

천륜(天倫)이라는 부모와 자식의 경우도 그렇다. '반포지효(反哺之孝)'. 부모에게 효도를 해야 한다는 것은 누구나 다 아는 상식이다. 하지만 부모와 뜻이 맞지 않아 사사건건 뒤틀리고 만날 때마다 감당하기 힘에 부친다면 돌파구를 찾아야 하지 않을까. 형제간의 우애 또한 결혼 전의 일인 것 같다. 각자가 솥단지 따로 걸고 나니 다른 사람의 입김이 자리매김되어 순수했던 사랑이 변질되어 간다. 자식과의 관계도 아낌없이 내리사랑을 줄 때만 아무 잡음 없이 사랑이 존재하지만, 부모의 기대에 못 미치거나 실망을 안겨준다면 그 또한 깊은 상처를 받는다.

지금 생각해보면 삶이란 끊임없이 반복되고 반복되는 일상이다. 하나의 문제가 해결되면 그것으로 고통이 끝날 것 같은 기쁨도 잠시, 삶은 또다시 또 다른 번민과 갈등이 생기고 지속된다. 그렇다면 반복되는 삶을 인정하고 받아들여야 하지 않을까. 그래서 니체도 동일하게 반복되는 고통의 삶을 있는 그대로 긍정하라고 했던 것 아닐까.

이제는 자신에게 주어진 삶을 인정하고, 관계(미래)를 위해서 살기보다는 순간(현재)을 위해 살아야 현명하지 않을까! 새로운 변화를 시도한다고 해서 번민과 갈등이 사라지지는 않을 것이다. 죽음의 순간까지 고통은 존재하리라. 존재하는 갈등과 고통을 피하는 것보다 인정하고 다른 창조적인 일에 전념하는 것도 그리 나쁘지만은 않으리라. 평소에 품었던 이상과 신념이 세월의 흔적 위에 하나씩 무너져내린다. 자신의 틀 속에 갇혀 그것과 거리가 멀어졌을 때 느끼는 상실감으로 괴로워하는 것보다는 차라리 변신을 하여 벗어나는 것도 하나의 방법일 것이다.

세간의 평가 따위는 무시하고, 가끔은 실수도 하며 상식을 벗어나는 행위로 손가락질을 받으면 또 어때. 그게 때론 모두의 거부반응을 불러온다 한들 어떠하랴.

지금껏 냉정하리만큼 자신에게 잣대를 들이대고 절제해온 생활에서 탈출하고 싶을 뿐이다. 내 생각 내 잣대가 다 옳은 것도 아닌데, 나도 모르게 남에게 직언을 서슴지 않아 상처를 준 것은 아닌지 후회가 밀려온다. 가훈이 제 기능을 제대로 발휘하지 못하고 있다면 그건 바꾸든가 치워야 하지 않을까.

몇 가지 새로운 가훈을 생각해봤다.

'노력한 만큼만 대가를 바라자'

'어디서나 꼭 필요한 사람이 되자'

'당신은 시간이라는 보물을 무심코 버리고 있다'

'매일 매일의 소중함보다 더 소중한 것은 없다'

'모든 것을 할 수는 없어도 무언가는 할 수 있다'

'마음가는 대로 행동하며 살자'

이 중에서 내 마음을 사로잡는 가훈은 '마음가는 대로 행동하며 살자'이다. 그러나 분명코 나는 그것을 가훈으로 선택하지 못할 것을 알고 있다. 현재의 가훈도 쉽게 바꾸지 못할 것이다. 과연 내 선택이 현명한 것인지조차 확신할 수 없기 때문이다.

누군가 내게 가훈대로 살았느냐고 묻는다면 '아니요'라고 대답할 것이다. 다만 최선을 다하려고 노력했을 뿐이다.

타이밍

　타이밍의 사전적 의미는, '동작의 효과가 가장 크게 나타나는 순간. 또는 시기를 보아 좋은 때를 맞추는 일, 또는 그 시기'라고 나와 있다. 여기서 내가 말하는 타이밍은 우연한 타이밍으로 어떤 시간에 어떤 장소에서 순간적으로 일어난 그러니까 본인이 의도하지 않은 사건이나 행동을 이야기하고 싶은 것이다. 우연한 타이밍으로 생과 사의 길에서 살아남은 끔찍한 사고 이야기와 우연히 한 장소에 있었다는 이유로 도둑으로 오해받은 사건의 이야기를 하려고 한다. 사람들은 흔히들 운이 좋다 나쁘다로 표현을 하지만 그런 표현보다는 타이밍이 절묘하다고 해야 하지 않을까.

　타이밍은 사람의 운명을 결정적으로 갈라놓는다. 시간을 맞추지 못해 놓친 비행기가 사고 나는 바람에 운 좋게 살아남은 사람의 얘기가 있는가 하면, 살인 현장에 있었다는 이유로 억울한 누명을 쓴 사람도 있다. 그런가 하면 유명한 스타나 성공한 사람들 중에는 다른 사람의 거부(拒否)로 인한 그 틈을 타서 일약 스타가 되거나 성공한 케이스를 종종 듣곤 한다. 우연한 기회가 가져다 준 행운이라고 해야 할까. 반면에 그런 기회를 놓친 사람에게는 운이 나쁘다고 해야 할 것이다.

　나에게도 간발의 차이로 죽음의 위기를 모면한 적이 있었다. 십년 전의 일이다. 안산에서 사당동 언니네 집을 가는 길이었다. 평촌 사거리에서 우리 차는 막 지하차도로 접어들고 있었다. 그런데 지하차도 윗길에서 승용차 한 대가 갑자기 공중으로 붕 떠서 지하차도로 낙하했다. 마침, 그때 맞은편에서 달려오던 승용차가 낙하하는 그 차를 피하려고 중앙선을 넘어 우리 앞차와 정면 충돌하였다. 그사이 낙하하던 차는 중앙선을 넘은 다음 승용차 지붕으로 위로 떨어졌다가 그대로 차도로 굴렀다. 우리 차선에서는 앞서가던 차들이 굴러떨어지는 차를 피하려고 핸들을 꺾었는지, 사고는 눈 깜박할 사이에 연쇄충돌을 일으킨 상태였고 지하차도는 그야말로 아수라장이 되었다. 뒤엉킨 차들과 다친 사람들의 고통스러운 비명소리와 응급차의 사이렌 소리가 혼미해가던 내 정신의 뇌리에서 희미하게 들렸다. 천만다행으로 우리 차는 안전했다. 그 상황에서도 남편은 차에서 내려 다친 사람들을 구하느라 한참 만에 옷에

28
보석을 찾는 마음

피가 잔뜩 묻은 채로 돌아왔다.

우리 뒤의 차들은 후진으로 지하차도를 빠져나갔고 우리 역시 후진으로 지하차도를 빠져나와 집으로 돌아왔다. 그날의 끔찍한 사고로 한동안 운전대를 잡지 못했으며 지하도에 대한 폐쇄공포 증까지 생겼다. 그날 사고는 운전자가 음주운전으로 사거리를 회전하려다 중심을 잃고 그대로 가드레일을 들이받고 지하차도로 떨어진 것이었다.

지금도 또렷이 기억되는 것은 초등학교 4학년 때 동네 가게 앞에서 친구를 기다린 적이 있었다. 그때는 가게 앞 좌판에 물건들을 진열해놓고 팔았다. 풍선껌이나 쫀드기, 알사탕 등등. 가게아주머니는 가게에 딸린 안방에서 조그만 유리 창문 너머로 밖을 살피고 있었다. 난 아주머니와 몇 번이나 눈이 마주쳤다. 그때마다 오지 않는 친구가 야속했다. 그냥 갈까 말까 마음속으로 수많은 갈등을 하고 있을 때, 갑자기 남자애들 서너 명이 다가오더니 껌을 들고 달아났다. 아주머니가 저 놈들 잡아라 하고 뛰어나오셨지만 그 아이들은 잽싸게 골목 어귀로 사라졌다. 여러 명이 골목을 나뉘어 어찌나 빠르게 도망가는지 아주머니는 어느 녀석을 쫓아야 할지 망설이다 결국 애들을 놓치고 말았다. 화가 많이 난 아주머니는 씩씩거리며 돌아오다 가게 앞에 서있는 나를 보고 다짜고짜 "네가 망

보고 있었냐?" 하며 머리를 쥐어박았다. 너무 어이없고 기가 막혔다. 아주머니의 황당한 오해 때문에 우물쭈물 아무 말도 못하고 억울한 생각에 울음만 터뜨렸다. 아주머니는 뭣 때문에 남의 가게 앞에 서 있느냐로 시작하여 너희 집이 어디냐? 부모가 뭐 하는 사람이냐? 너 처음이 아니지? 그 애들 알고 있지? 아까부터 계속 나를 지켜봤다는 등 속사포처럼 자기 말만 쏟아놓았다. 도망간 애들은 우리 동네 아이들이 아니었다. 처음 보는 애들이라 아주머니께 일러줄 수도 없었다. 하지만 그대로 당할 수는 없어 침착하게 친구를 만나기로 하였고 내가 망을 봤다면 같이 도망가지 왜 여기 있었겠냐며 아주머니에게 차근차근 따졌던 것 같다.

아주머니는 아무런 사과도 없이 빨리 가라며 등을 떠밀었다. 나는 당돌하게도 사과를 받기 전에는 갈 수 없다고 끝까지 버티어 해질 무렵에서야 사과를 받아냈다. "별 지독한 아이를 다 보네!" 하는 소리가 등 뒤에서 들렸다.

그때의 경험은 어른이 되고 결혼을 하고 나서도 나의 뇌리에 깊게 각인되어 있었나 보다. 우리 아이 키울 때는 사전에 오해 받을 상황을 만들지 말라고 교육을 하였다. 문방구나 가게에 물건 살 일이 없으면 친구 따라 들어가지 말 것이며, 호기심으로라도 남의 물건은 만지지 말고 꼭 갖고 싶은 것이 있으면 엄마에게 먼저 말하라고 일러주었다. 현장에 같이 있었다는 이유만으로 의심을 받고, 지갑이나 돈을 잃어버리고 남을 의심하는 경우를 주변에서 간혹 보아왔기 때문이다. 그러다 보면 의심이 오해를 낳고 오해가 눈덩이처럼 커져 결국 친한 벗을 잃게 되는 경우도 있다. 그래서 잃어버린 사람이 죄가 더 크다는 말일 것이다.

타이밍은 우리가 인생을 살다 보면 경험하게 되는 것 같다. 그 타이밍이 호재로 작용하여 행운으로 다가온다면, 그게 인간관계여도 좋고 직장을 원하는 사람에게는 선택의 기회여도 좋다. 다만 남의 불행으로 행운이 찾아오는 것은 반갑지만은 않을 것 같다.

가을,
안개 속으로

새벽 찬 공기를 마시려고 창문을 열자 비릿한 내음과 함께 눈앞이 자욱한 안개로 뒤덮여 아무것도 보이지 않는다. 마치 구름 속에 떠 있는 기분이다. 밤 사이 현란했던 상가 간판들, 미로처럼 여기저기 나 있는 도로들, 그 도로들을 이미 자동차로 점령당한 신도시가 안개에 가려져 보이지 않는다. 날씨가 맑은 날은 저 멀리 추수가 끝난 들판의 조용함과 쓸쓸함이 먼저 눈에 들어온다.

내가 살고 있는 아파트는 서해바다와 접한 소래 월곶에서 자동차로 20여 분 거리에 있는 신도시이다. 바다와 저수지가 가까이 있어서 그런지 가을로 들어서면 유난히 안개 끼는 날들이 많다. 겨울을 지나 봄이 되어야만 안개도 서서히 물러간다.

나는 가끔 안갯속을 거니는 것을 즐길 때가 있다. 그 이유는 사

보석을 찾는 마음

람들의 시선을 느끼지 않아서 좋고 또 나의 행동이 다른 사람들의 시선을 끌지 않아서 자유롭다. 반면에 짙은 안개 때문에 한 치 앞도 보이지 않을 때는 알 수 없는 두려움이 엄습한다. 이건 비단 안 개뿐 아니라 우리의 삶도 그러할 것이다. 우린 살면서 불투명한 앞날을 보고 안갯속을 헤맨다는 표현을 곧잘 사용한다. 젊은 시절, 미래를 알 수 없는 길목에서 자신의 꿈을 걸고 방황을 했던 적이 있다.

지금은 기억하고 싶지 않지만 1970년대 후반, 신인 영화배우 대회에 참가하여 대상을 받았다. 요즘으로 말하면 기획사의 오디션이나 또는 영화사의 오디션이라고 할 수 있다. 대상을 받고 주변의 친지들로부터 축하인사를 받을 때만 해도 꿈이 이루어진 것처럼 한껏 부풀어 두둥실 하늘로 올라가는 기분에 사로잡혔다. 그 꿈도 잠시, 현실은 험난한 가시밭길이 기다리고 있었다.

영화배우 대회는 주인공을 뽑는다고 되어 있어서 대상을 받았기 때문에 당연히 주인공이 되는 걸로 착각했다. 후에 내게 돌아온 배역은 단역이나 엑스트라에 불과했다. 그래도 단역이나 엑스트라 배역은 참을 수 있지만 출연료가 문제였다. 출연료라고 해봐야 고작 교통비 정도이다. 역할에 따라 의상, 화장품 모든 준비를 본인의 자비로 지출해야 하는 상황이다 보니 돈이 늘 궁했다. 함께 입상한 친구들이 하나둘씩 그 세계를 떠나거나 다른 생활로 빠지는 것을 보며 인생의 허무를 너무 이른 나이에 경험했다. 그뿐이 아니다. 협회에서 하는 일은 내가 보기에 불평등하고 공정성이 없어 보였다. 불의를 보면 못 참는 성격에 자주 항의를 하다 보니 어느새 왕따가 되었다. 첫 발을 내디딘 사회생활이 호락호락하지 않다는 것을 깨닫기까지 그리 긴 시간이 필요하지 않았다.

무너지는 친구들을 보면서 절망하고 나 또한 사회에 대한 불신이 쌓여갔다. 그러한 불신은 자신에게 두터운 벽을 하나씩 쌓았다. 이상과 현실 사이에서 갈등을 겪다 결국 꿈을 접고 말았다. 꿈은 접었지만 스스로 원해서 접은 것이 아니라 이겨내지 못해서 접은 것이라 후폭풍은 그야말로 풍전등화였다. 희망을 잃어버린 나는 세상을 원망하고 사람들을 원망하고 고독 속에 나를 가두었다. 때론 고독마저도 사치와 허영이라고 생각하며 수많은 밤을 불면으로 보내곤 했다. 그런가 하면 내면에서 끊임없이 요구하는 삶의 욕망과 현재의 자신의 처지가 비교되면서 점점 깊은 수렁으로 내 발은 빠져들었다. 그때 나에게 용기를 주고 희망의 빛을 안겨준 것은 책 속의 수많은 글들이다. 한때 삶의 무게를 이기지 못해 죽음을 생각했던 나의 어리석음에 쓴 웃음을 지으며 이렇게 회상하고 있다.

세월이 흐른 뒤 자신을 소중하게 여기고 돌아보게 하는 '단 하나의 삶'이란 시는 운명에 도전할 용기를 안겨주었다.

어느 날 당신은 알게 되었다.

자신이 무엇을 해야만 하는지……

거센 바람이 불어와 당신의 결심을 흔들고

마음은 한없이 외로웠지만,……

어둔 구름들 사이로

별들이 빛나기 시작했다.……

당신이 세상 속으로 걸어가는 동안

언제나 당신을 일깨워 준 목소리.

당신이 할 수 있는 단 하나의 일이 무엇인지

당신이 살아야 할 단 하나의 삶이 무엇인지를.

〈단 하나의 삶〉, 메리 올리버

　내가 방황하며 보낸 길고 긴 안갯속을 헤치고 밝은 세상으로 걸어나와 새로운 세계에 눈을 떴을 때, 삶은 무한한 가능성을 몇 배로 안겨주었다. 내 자신에게 신뢰를 보내고, 무슨 일이든 해낼 수 있다는 용기와 자신감을 마법처럼 끊임없이 불어넣었다. "나는 할 수 있다. 내가 가는 길은 그 누구도 막을 수 없다. 저 빛나는 태양처럼 내 삶도 빛나게 하리라." 설혹 자만에 빠진다고 해도 해낼 것이리라.

　인생을 살다 보면 삶의 외양은 다를지라도 굴곡을 겪게 마련이다. 인간만사 새옹지마라고, 어쩌면 상처를 조금이라도 덜 받고 그 세계를 떠난 것이 좋은 일일 수도 있다. 그 시절, 영화계에서 온전히 살아남기란 쉽지 않았다. 그때의 경험으로 깨달은 것은 현재의 것을 버림으로써 여백이 생겨 다시 새로운 것으로 채울 수 있다는 것.

안개가 걷히면 밝은 태양이 솟듯이 나 또한 힘찬 발걸음으로 세상 속으로 걸어간다.

불면증

벌써 보름째 잠을 설치고 있다. 혀가 아프고 입이 바싹바싹 마르고 목이 타들어가 침도 삼키기 힘들다. 그래서 물컵을 머리맡에 두고 수시로 입 안을 축여야 아픈 증상이 조금 완화된다. 게다가 건조한 눈은 인공눈물 약을 수시로 넣어줘야 뻑뻑함이 해소되어 눈을 뜰 수 있다. 이러한 행동을 반복하다 보면 어느새 뜬눈으로 밤을 지새우게 된다.

안구건조증은 오랜 세월 지속된 증세이다. 그동안 안과에서 인공눈물 약과 소염제, 심하면 항생제를 처방받아 견디어왔다. 때론 안구건조증이 너무 심하여 보험공단에서 허용하는 최대치의 처방약으로도 부족해 의사 선생님께 사정할 정도로 증상이 잘 호전되지 않았다. 그런데 최근에는 안구건조증은 물론 혀까지 아파서 이

비인후과를 다녀왔다. 이비인후과에서 처방받은 약은 그때뿐이다. 입안에 뿌리는 약을 써보고 혓바닥에 바르는 연고제를 사용해봐도 별다른 차도를 보이지 않아 친구에게 하소연을 하자 내과를 가보라고 한다. 혀가 아픈데 내과에 가보라고 해서 마음은 내키지 않았지만 밑져야 본전이지 하는 생각으로 갔다. 내과에 내방하여 증상을 소상히 말하니 의사는 소견서를 써줄 테니 큰 병원에 가보라고 한다.

대학 병원에서는 류마티스 쇼그렌 증후군이 의심된다고 했다. 처음 듣는 아주 생소한 병명이다. 그런 병이 있는 줄도 몰랐다. 그것은 일종의 자가 면역파괴로 특별한 치료법이 있는 것이 아니고 생활에서의 관리가 중요하다고 한다. 류마티스 쇼그렌 증후군의 증상으로 가장 많이 나타나는 것은 주로 건조증으로 안면에 나타난다. 눈과 입이 마르고 몸이 전체적으로 건조해지는 것을 말한다. 그때부터 모든 검사가 시작되었다. 안과, 이비인후과, 내분비내과 그 외에도 개인적으로 필요하여 산부인과까지 3차에 걸쳐 모든 검사를 마쳤다. 과별로 예약을 하다 보니 기간도 3개월이나 걸렸다. 검사 결과 모두 정상이었다. 한두 가지 수치가 정상에 못 미쳤지만 걱정할 정도는 아니라고 했다. 검사 기간 내내 긴장했던 마음이 일단 안심이 되었다. 하지만 증상은 여전히 지속되고 있으니 참으로 답답했다.

보석을 찾는 마음

나는 의사 선생님께 검사결과는 모두 정상인데 도대체 뭐가 잘못된 건가요? 여쭈었다. 의사 선생님도 답답하기는 마찬가지였다. 검사는 끝났지만 증상이 나은 것이 아니기 때문에 일상생활을 점검하였다. 평소에 먹는 음식부터 체크했다. 그러니까 매일 먹는 음식이 무엇인가? 토마토 주스, 홍삼, 흑마늘, 눈영양제, 고지혈증약, 종합비타민, 한약 등, 의사는 다 들으시고, 뭘 그렇게 많이 드세요, 한다. 오늘부터 다 끊고 한 가지씩만 먹으라는 것이다. 그래도 다 끊을 수 없어서 한약과 홍삼, 비타민제를 먼저 끊었다. 왜냐하면 2차 검사까지 정상이었는데 원인을 몰라 먹는 음식 위주로 다시 검사를 시작했다. 그것은 평소에 한약을 즐겨 먹어 농약 잔류나 중금속 검사를 위한 것이었다. 3차 검사에서도 모두 정상으로 나왔다. 또다시 원인을 찾기 위한 방법으로 매일 먹는 음식과 생활 방식을 체크하고 어느 때 증세가 더 심해지는지 적어나갔다.

어떤 때 증상이 좋아지고 나빠지는가를 생활 습관과 음식, 운동 스트레스 등 사소한 것까지 다 기록했다. 그 결과 술을 잘 마시지 않지만 맥주 한 잔만 마셔도 입과 목이 심하게 타는 것을 느꼈다. 심할 때는 한 마디 말도 안 나온다. 그리고 할 일이 쌓이거나 인간관계에서 오는 스트레스, 하고 싶은 말을 참을 때, 긴장감이 연속될 때도 목이 타고 말이 나오지 않았다. 또한 피로가 누적되거나 잠을 못 잘 때 가장 심하다는 것을 알았다. 잠을 못 잘 때 혀가 제일 많이 아프고 눈이 가장 피로하고 정신은 '멘붕 상태'에 어지럼 증과 구토 증세까지 나타났다.

나의 불면증은 어제 오늘 일이 아니다. 그건 체질적이라 할 정도로 어릴 때부터 시작되어 평생을 그렇게 살아왔다. 시험 때만 되면 긴장하여 잠을 못 이루고 배가 아프고 설사를 했다. 중요한 미팅이 있어도 그렇고 일이 완벽하게 풀리지 않아도 긴장하여 잠을 설친다. 그런가 하면 잠이 들기까지 시간이 오래 걸리고, 부질없는 생각으로 꼬박 날밤 새운 것은 셀 수도 없다. 또 수면을 걱정하여 억지로 자려고 하면 잠은 더 멀리 달아났다. 그런 날은 새벽에 깨어 몽롱한 상태로 아침을 맞이하곤 했다. 그동안 이런 만성적인 불면증을 잘 견디어온 것은 그나마 잘 먹고 운동을 열심히 했기에 가능했다. 건강만큼은 자신 있다고 너무 과신해서 생긴 탈인 것 같다. 나이가 들어감에 있어서 예전처럼 체력이 따라주지 않았던 것인데, 일상생활은 변하지 않고, 오히려 일을 더 많이 했던 것이 원인이 되지 않았나 생각된다.

지금의 병에 가장 영향을 많이 미치는 것은 불면증인 것으로 나타났다. 수면이 부족할 때 신체 리듬이 깨져 쉽게 피로하고 눈이 더 건조하고 입이 더 마르고 두통이 오는 것을 느낀다. 인체는 신비하여 중심을 잃고 어느 한쪽으로 쏠리면 결국 병이 나게 마련이다. 그중에서도 잠은 우리 인체에서 아주 중요한 역할을 하는데,

그동안 안일하게 생각하고 방치해온 나의 부주의 탓이다. 곰곰이 생각해보니 3년 전부터 몸에서 다양한 신호를 보냈는데 그냥 대수롭지 않게 생각하고 동네 병원과 한의원만 찾아 간단하게 치료했던 것이 병을 키웠다.

　의사는 야채를 많이 섭취하고 몸을 피곤하지 않게 하며 스트레스를 줄이고 무엇보다 밤늦게까지 책을 본다든가 인터넷 하는 것을 줄이라고 했다. 규칙적인 생활이 중요하다는 것이다. 그래 시작한 것이 일곱 가지 야채 주스 마시기. 매일 아침 저녁으로 주스를 마시면서 많이 좋아졌다. 브로콜리, 양배추, 당근, 파프리카, 양파, 토마토를 비율대로 넣고 10분 정도 끓인다. 사과는 그냥 씻어서 그대로 끓여놓은 야채와 함께 믹서에 넣고 갈아 먹었다. 그랬더니 건조증도 좋아졌고 몸의 피로감도 덜 느껴졌다. 하지만 여전히 해결되지 않는 것은 불면증이다. 그걸 해결하지 못하면 몸의 증상도 더 악화되는데 가장 어려운 숙제로 남아 있다. 나의 일상에서 불면증은 새삼스러울 것도 없는데 그게 건강에 치명적인 영향을 미치고 있으니 어떡하든 고쳐야겠지. 좀 더 많은 시간이 필요할 것이리라. 결국 무언가를 포기하지 않으면 얻을 수 없는 것일까.

변덕스러운
마음

가슴이 두근두근, 얼굴이 화끈화끈 달아오르고 손이 찌릿찌릿 저리면서 가슴에 화톳불을 지핀 것처럼 확확 타오르다 정신이 몽롱해지는가 하면 다시 몸에 힘이 쭉 빠진다. 그러면서 열이 머리 끝까지 차올라 목덜미와 등을 훑어내리고 온몸이 땀으로 흠뻑 젖어든다. 그러다 증세가 가라앉으면 갑자기 한기가 느껴지고 추워진다. 또 이놈이 시작이구먼, 그래, 다시 발작할 시간이 된 것이냐? 너 언제까지 내 곁에서 나를 괴롭힐 것인데! 지금 누가 이기나 해보자는 것이지! 나도 절대 너라는 놈한테 안 져! 안 질 거야!

이런 증세는 3~5분 정도 지속되다 가라앉는다. 하루에도 몇 차례 반복을 하니 익숙해질 때도 됐건만 여전히 그런 증세가 나타나면 신경이 곤두서고 안절부절못한다. 그 순간은 아무것도 하지 못하고 숨을 깊게 들이마셨다 내쉬었다 하면서 마음을 안정시키고 시간이 지나가기를 기다리는 것이 내가 할 수 있는 전부였다. 평소에 스트레스를 받거나 긴장을 하면 그 강도는 조금 더 세지고 빨라지며 횟수도 늘어났다.

내 몸의 변화를 느낀 것은 재작년 겨울쯤이었을까, 매월 있어야 할 것이 어느 순간 불규칙하더니 아예 소식을 끊어버렸다. 그때의 기분은 시원섭섭하였다. 아니, 이젠 홀가분하다고 생각했는데 마냥 좋아할 일만은 아니었다. 삶은 항상 양면성을 지니고 있고 음양이 언제나 함께 존재하듯이 또 다른 변화를 내게 안겨주었다. 마치 기다리고 있다가 아홉하고 튀어나왔던 것이다. 처음에는 양방과 한방을 오가며 처방을 받아도 보았지만 그건 잠시뿐이었고 완치란 있을 수 없다는 것을 알아내는 데에는 그리 많은 시간이 걸리지 않았다. 몸의 변화는 이것뿐이 아니었다. 입맛도 변하여 음식은 자꾸만 짜지고 단맛은 늘어나고 소화 기능까지 약해져 밥 먹는 즐거움이 감소하고 있다. 그리고 평소에 신경질을 자주 부리고 사소한 것에 민감하게 반응을 하였다. 게다가 내 마음의 거울로 상대를 보려는 마음이 짙어지니 괴롭기는 나나 주변 사람들이나 다 똑같을 게다.

우리 신체는 나이에 따라 생리적인 현상이 다르게 나타난다고 한다. 그런 현상을 특히 중년 이후 한방에서는 오장이 허약해지는 과정으로 설명하고 있다. 50세에는 간기능이 쇠퇴하여 눈이 밝지 못하고 소화 기능도 약해진다 하며, 60세는 심기쇠퇴로 인하여 우울해지고 심려가 많고 혈기가 부족하여 자주 눕게 된다고 한다. 70세는 비기쇠퇴로 피부가 마르고 단단하게 굳어버림으로 고목에 비유하기도 한다. 80세는 폐기쇠퇴로 혼백이 분리되고 말실수가 잦다고 하며, 90세는 신기쇠퇴로 사(四)장의 경맥이 공허해지며, 기억력이 감퇴하고 엉뚱한 이야기를 자주 한다고 하니, 이런 신체적, 생리적 현상에 대해 인식하고 있어야 자신의 몸을 이해하는 데 도움이 될 것 같다.

그러고 보면 신체 변화는 나이에 따라 지극히 자연스러운 현상인데 막상 변화가 일어나니 힘겹고 받아들이고 인정하기가 쉽지만은 않다. 예전에 엄마가 추운 겨울에도 가슴을 열어젖히고 창문을 열어놓고도 덥다고 하셨을 때, 왜 저러시나 어디가 편찮으신가 하면서도 그런 일이 자주 있다 보니 무관심하게 넘겼다. 그리고 음식을 짜고 달게 하셨을 때도 이해하기보다는 투정을 더 많이 부렸던 것 같다. "엄마, 왜 음식이 옛날 맛이 아니고 짜고 달지!" 하면서 짜증을 내었건만, 엄마는 "나는 똑같이 한다고 하는데 그렇구나."

지금 내가 엄마의 모습을 그대로 답습하고 있다. 그때 엄마를 좀 더 이해해드리지 못한 것이 가슴 아프다. 아니, 그냥 무심히 지나쳤다는 것이 더욱 맞는 말일 것이다. 지금 생각하면 나의 무지한 탓이기도 했다.

　요즘은 정보가 넘쳐나서 나이에 따라 신체의 변화를 미리 알고 대처하기도 하고, 마음의 준비를 하기 때문에 눈앞에 닥쳤을 때 놀라거나 당황스럽지는 않다. 그렇지만 이론으로 알고 있는 것 하고 직접 신체의 변화를 느낄 때 하고는 확연한 차이가 난다. 마음이 허하고 우울해지는 느낌은 어떻게 표현할 수 있을까. 아무것도 아닌 작은 것에 울적하고 섭섭하다. 어떤 때는 내가 이리 쫀쫀했었나, 변덕스러운 나에게 화가 난다. 그러나 나를 슬프게 하는 것은 여성이라면 통과의례로 다 겪는(정도의 차이는 있겠지만) 일을 혼자만 유난스럽게 행동하는 것처럼 보일까봐 괴로워도 아무 소리 못하고 참는 것이다. 그렇다고 남편이 매번 관심을 가져줘도 미안하고 또 무관심하면 그게 야속하고 섭섭하니 도무지 이중적인 이런 마음을 어디서부터 빗장을 풀어야 할까.

　그 방도는 자연의 변화에 순응하는 것이리라. 나고 죽는 것은 누구나 어쩔 수 없는 일. 그렇다면 역행하지 말고 순리대로 받아들이고 적응하는 자세일 것이다. 무엇보다 정신이 육체보다 중요하다고 하니 오장을 상하게 하는 내상 칠정(喜怒思憂悲恐驚), 즉 밖으로 표출되는 감정을 먼저 다스려야 될 것 같다. 그러려면 낙관적인 태도로 잊어버릴 것은 빨리 잊어버리고 안 되는 일은 빨리 포기하고, 마음속의 잡념을 없애는 거였다. 잡념을 없애기 위해서는 우선

몸과 마음이 바빠 어딘가에 전념을 쏟고 전력투구해야 될 것 같은 생각에 미치자 정말 하고 싶고 보람 있는 일은 무엇일까? 찬찬히 생각 끝에 내린 결론은 공부였다. 늦은 나이이지만 대학원에 등록하여 정신없이 바쁘게 살다 보니 예전의 일상은 아니지만 그래도 만족하는 삶이 되었다. 내가 행복해하자 가족이 제일 먼저 환영해 준다.

보석을 찾는 마음

손복

나의 못 생긴 손을 보고 주위에서 손복이 있다고들 한다. 좋게 표현해서 손복이지 말하자면 일복인 것이다. 손가락이 짧고 울퉁 불퉁한 작은 손이 부지런하고 음식도 맛있게 하며 일도 잘한다는 것이다. 그 말을 증명이라도 하듯이 정말 일 하나는 눈 깜짝 할 사이에 빨리 해치운다. 무슨 일이든지 미루지 못하고 제때에 해놓아야 직성이 풀리는 성격도 한몫한다. 내 일복은 결혼과 동시에 더욱 진가를 발휘하게 된다. 사람 좋아하고 술 좋아하는 남편은 신혼 시절 자주 친구나 손님들을 집으로 데리고 왔다. 그 문제로 가끔 다투기도 했지만 덕분에 음식 솜씨 살림 솜씨가 많이 늘었다.

바로 위의 형부는 민물매운탕이나 붕어찜 같은 음식을 할 때는 재료만 준비해놓고 언니보고는 손도 못 대게 하며 꼭 처제가 와서 요리해야 된다고 부탁을 한다. 내가 만든 음식을 언니 가족들 모두 "역시 이모 솜씨가 최고야!" 하며 맛있게 먹는 모습을 볼 때 나는 제일 즐겁고 신이 난다.

연말이 되면 내 손은 잠시도 쉴 틈이 없이 더욱 바쁘게 움직인다. 김장철에는 으레 여섯 일곱 집은 불려가 김치 담가주기 바쁘다. 심지어 어떤 집은 내 스케줄에 맞춰 배추를 사놓고 기다리기도 한다. 요즘 젊은 사람들은 김치 담그는 것을 어렵게 생각하는 것 같다. 그건 아마도 경험 부족에서 오는 불안감 내지 걱정일 것이다. 무엇보다 김치가 맛없게 담가지면 일 년 농사를 망치게 되므로 그래서 김장에 정성을 들이고 신경을 많이 쓴다.

작년 연말에는 친구가 이사를 한다길래 다녀왔다. 포장이사가 아니었기에 이삿짐을 모두 풀어놓으니 어떻게 해야 할지 친구와 친구어머니는 망설이기만 하고 있다. 나는 큰 살림살이들은 남자 손이 있을 때 해야 하기 때문에 여기저기 옮겨달라고 부탁했다. 그러고는 부엌 살림부터 집어넣고 안방으로 가서 이불과 옷을 정리한 다음 아이들 방과 목욕탕 신발장을 정리하니 대충 큰일은 끝난 것 같았다. 정리를 끝내고 잠시 쉬려는데 그때 이삿짐센터에서 온 사람은 내가 주인인 줄 알고 영수증을 내밀었다. 주인은 내가 아니고 우리 친구라고 알려주니, 아주머니는 이사를 많이 해보았는지 일을 순서 있게 너무 잘하세요, 한다. 그 말에 나도 모르게 웃음이 나왔다. 나의 천성이 또 발동한 것이다. 나는 무슨 일이든 일을 할 때 신이 나서 자신도 모르게 푹 빠져서 한다. 그러나 정작 우리 집 이사 할 때는 거의 일을 하지 않는다. 남편의 꼼꼼한 성격이 일을 못 하게 한다. 부엌 살림 이외는 거의 남편 혼자서 처리하는 편이다.

그렇게 이삿짐을 도와주고 와서 다음 날은 다른 친구가 망년회 겸 집들이 음식을 부탁하는 데 거절할 수가 없었다. 친구네서 음식 만드는 것을 도와주고 집에 오니 몸이 녹초가 됐다. 그러다 보니 막상 우리 집 반찬은 아무것도 준비를 못 했다. 남편은 못마땅하여 피곤하다고 거절할 것이지 본인은 아까워서 마누라 안 부리는데 남들이 다 부린다고 이만저만 불평이 아니다. 그러나 건강이 허락 하는 동안은 내 손이 필요해서 봉사하는 일이 즐겁다. 누군가 나를 필요로 한다는 것이 힘은 들지만 이웃 좋다는 것이 무엇이겠는가.

어른들은 내 얼굴을 보면 전혀 일을 못 할 것 같은데 어쩜 일을 그렇게 잘하냐고 칭찬들을 해주신다. 그러다 내 손을 만져보시고는 "맞아, 손이 이렇게 생기면 부지런하고 일도 잘하지. 일복 하나는 타고 났구먼!" 그 말이 미안했는지 "평생 식복은 타고 났구먼……." 하면서 뒷말을 흐리고들 하신다. 어쩌면 어릴 적부터 귀에 못이 박히도록 들어온 어머니의 말씀이 평생 동안 함께하는지도 모른다. 주위에 게으르고 빈둥빈둥 노는 사람들을 보면, 어머니는 "죽으면 썩어질 몸뚱이를 뭐가 아깝다고 놀리고 있어. 살아 있을 때 남에게 폐 끼치지 말고 열심히 일해! 그래야 밥이라도 먹고 살지."

남편 친구 모임 때도 부인들은 재료만 준비해놓고 일찍 오라고 전화를 한다. 내 손은 일복 탓으로 인기도 있고 여기저기서 도와달라는 초대도 자주 받았다. 그러던 그 손이 요즘은 호강하며 살고 있다. 그것은 바로 귀금속 전문점을 오픈했기 때문이다. 날마다 귀하고 값진 보석이란 보석은 다 끼워보고 매장에 있는 시간이 많다 보니 자연히 일하는 시간이 줄어들었다. 친구들은 개업을 축하한다는 말보다 이젠 누구한테 일손을 부탁하냐며 애교들을 떤다.

요즘은 이렇게 편안함에 길들여져 옛 추억을 잊고 산다. 점점 꾀만 늘어 힘든 일은 피하려 하고 외식도 자주하다 보니, 아이는 엄마가 만들어준 음식이 더 맛있다며 게을러지려는 나를 채근한다. '얻는 것이 있으면 잃는 것도 있다'고 그 말이 맞는 것 같다.

일복에서 손복으로 바뀌어 귀한 손이 되었지만 한편으로 은근히 겁도 난다. 이웃들과 모여서 음식 만들며 이런저런 훈훈한 이야기하며 사는 재미도 잊혀간다. 만남의 횟수가 줄어들어 따뜻한 마음 주고받던 소중한 사람들을 잃어가고 있는 것은 아닌지 모르겠다. 이러다 진짜 내 손이 녹이 슬어 못 쓰게 되면 어쩌나 살며시 걱정도 된다. 내일은 아무리 힘들어도 부침개라도 부쳐 상가 사람들과 나누어 먹으려는 마음에 어느새 내 손에는 시장바구니가 들려 있다.

김장

올해는 김장을 일찍 해치웠다. 11월 중순 이후 12월 말까지 주말에 모임과 결혼식 등의 일정이 모두 잡혀 있어 시간이 있을 때 하려고 예정에도 없이 갑자기 하게 되었다. 배추김치, 갓김치, 알타리, 쪽파김치, 동치미까지 다섯 가지 김치를 담가 김치 냉장고에 가득 채워놓고 나니 보기만 해도 뿌듯하고 부자가 된 기분이다. 내년 늦봄까지는 끼니 때마다 무슨 반찬을 해야 할지 고민하지 않아도 되기 때문에 그 홀가분함이란 주부들밖에 이해하지 못하리라. 김장철만 돌아오면 몇 년 전에 곤혹을 치른 일이 떠오른다. 내가 김장에 더욱 신경을 쓰는 이유도 그때의 실수 때문이다. 그래서 김장에 더 많은 정성과 노력을 기울이고 있다.

김장은 우리 집에서 연중행사 중 가장 큰 비중을 차지한다. 식사

때마다 빠지지 않는 것이 김치이고 보니 일 년 농사이기도 하다. 따라서 김장에는 온갖 정성을 들이기 마련이다. 23년 경력의 주부 달인이라고 할 수 있는 내게도 김장을 망쳐버리는 초유의 사태가 발생하여 김치를 사먹는 일까지 일어났다.

매년 25포기씩 하던 김장을 남편의 성화로 50포기를 하게 되었다. 이유인즉, 김치가 맛있어서 먹을 만하면 떨어지기 때문이었다. 김치가 떨어져 새 김치를 담가 먹어도 김장김치 맛하고는 전혀 다르게 느껴졌다. 그러나 김치를 많이 담고 싶어도 아파트에서는 한계가 있었다. 그건, 김치를 냉장고에만 저장을 하다 보니 정해진 양 이외는 담을 수가 없어서다. 하는 수 없이 김치냉장고를 한 대 더 장만하게 되었다.

내가 어릴 적에는 7명이나 되는 대식구와 종갓집이다 보니 항상 객식구가 많은 편이라, 겨우내 김치를 먹으려면 200포기씩 이웃들과 서로 품 팔아가면서 김장을 하였다. 마당의 땅속에 독을 묻고 김치를 저장하면 그 이듬해 늦은 봄까지 맛을 유지할 수 있었다. 그 맛을 지금은 냉장고가 대신하여 주고 있다.

김장이라는 것이 하루아침에 손쉽게 만들어지는 것은 아니다. 늦봄부터 양념재료들을 준비하여 가을까지 끝마쳐 놓아야만 한다. 마늘은 장마 전에 육쪽 저장마늘을 사서 말려놓고, 고추는 첫물이나 끝물이 아닌 중간 것으로 태양초를 사고, 고추 하나하나를 다

닦아 빻아서 보관해놓는다. 새우젓은 유월에 나온 육젓을 준비하고 시월에 멸치젓까지 사놓으면 중요한 양념은 어느 정도 준비가 끝난다. 하지만 김장은 여기서 끝나는 것이 아니라 배추를 잘 골라야 한다. 갓이 너무 두꺼워도 맛이 없고 너무 얇아도 좋지 않다. 배추 속은 노란색으로 그냥 먹어도 고소한 것이 김치를 담가놓아도 맛이 있다. 또한 배추를 알맞게 절여야 하고 간이 맞아야 하며, 마지막으로 온도와 습도가 잘 조화되어야 발효가 잘되고 김치는 제맛을 낼 수 있다. 이런 모든 절차에는 노력과 정성이 전제가 되어야 한다.

그런데 나의 게으름으로 이를 무시했다가 큰 낭패를 본 것이다. 김장 양이 갑자기 두 배로 늘어나자 혼자서 감당하기에 겁이 났다. 마당이 없는 아파트 공간에서 50포기를 절이려고 하니 엄두가 나지 않았다. 그래서 직접 절이던 배추를 포기당 천 원씩을 더 주고 동네 채소가게에서 절여 왔다. 집에서 배추를 절일 때는 밤에 두세 번씩 배추를 뒤집어주고 배추가 알맞게 절여졌을 때는 시간에 관계없이 빨리 씻어주었다. 그런데 부탁한 채소가게에서는 밤새도록 두었다가 오전 10시에 배추를 갖다주니 너무 짜게 절여졌다. 세 번씩 씻고 물에 담가두어도 여전히 배추는 짰다. 그렇다고 배추를 다시 물릴 수도 없고 참으로 난감하였다. 이미 양념은 다 마친 상태였고 적은 양도 아닌 50포기를 어찌해야 할지 암담하고 울고 싶은 심정을 가까스로 추스르며 김장을 했다. 배추가 짜게 절어져 젓갈류는 최소한의 양만 넣다보니 김치가 제맛을 잃어버렸다. 김치는 여러 가지 양념의 조화로 감칠맛을 내야 하는데 평소에 담그던 방식대로 안 하니 맛도 변해버렸다.

가족들은 무슨 김치 맛이 이래! 먹지를 않았고, 짠 김치는 찌개를 끓여도 맛이 없고 부침개, 김칫국, 만두를 빚어도 예전의 제맛이 아니다. 짠 김치는 시간이 지나면서 짜다 못해 쓴맛까지 났다. 친정엄마에게 하소연을 하니 무를 썰어 집어넣으면 짠맛이 덜해진다는 말을 듣고 차선책으로 무를 20개나 사다가 김치 사이사이 넣어두었다. 한 달이 지나자 김치는 조금 싱거워졌지만 이미 산소를 접한 김치는 본래의 김장김치 맛을 잃어버렸다. 그뿐이 아니다. 무에서 물이 많이 나와 배추김치가 물속에서 수영을 하고 있었다.

식사 때마다 김치 타령하는 가족 때문에 급한 대로 김치를 10kg 사먹었다. 그것으로는 턱없이 부족해 나머지 김치는 어머니 집에서 갖다 먹는 걸로 해결했다. 문제는 그 많은 김치를 어떻게 처리할까 고민이었다. 먹는 음식을 버릴 수도 없다. 주변에 사정을 이야기하고 찌개라도 끓여먹는다고 하는 사람들에게 모두 나눠주었다. 그들에게 미안하기도 했지만 그래도 버리지 않고 가지고 간 사람들이 너무 고마웠다.

김치가 제맛을 내기 위해서는 양념과 배추, 절이는 방법, 온도와

발효 그리고 정성이 일체가 되어야만 비로소 완성된 맛을 낼 수 있으므로 어느 것 하나 소홀히 해서는 안 되는 것이다. 김장 하면 자신만만했었는데 원숭이도 나무에서 떨어지는 날이 있듯 순간의 방심이 일 년 농사를 망쳐놓아 정성의 소중함을 다시 한 번 실감하는 계기였다. 아마도 우리의 인간사 모두가 정성과 노력이 밑바탕이 되어야 함은 기본 전제일 것이다.

술국

술을 좋아하는 남편하고 살다 보니 늘어나는 게 술국(해장국) 끓이는 솜씨이다. 내 나이 정도의 여인네라면 누구나 북어국 정도는 다 요리해봤을 것이다. 주변 친구들 중에는 술 먹고 들어온 남편이 미워서 해장국을 안 끓여주는 이도 있지만 대부분의 부인들은 해장국으로 북어국을 가장 많이 선호하고 있는 것 같다.

우리 집 역시 술국으로는 뭐니 뭐니 해도 북어국을 제일 많이 끓인다. 북어국을 칼칼하고 담백하게 끓이면 입맛이 없어도 식욕을 당기게 한다. 그래서 황태포는 우리 집 냉장고에 신주단지처럼 귀하게 모셔져 있다. 북어국을 하도 많이 끓이다 보니 나름 노하우가 생겨 다양한 요리방법을 터득하였다. 한 가지 요리만 먹다보면 싫증이 날 수도 있고 무엇보다 그때그때 냉장고에 남아 있는 재료들로 요리를 해야 해서 자연스럽게 여러 가지 국 요리를 하게 되었다.

북어에 콩나물을 넣고 끓이는 콩나물 북어국.

또 무를 넣고 끓이면 무 북어국.

계란을 넣고 끓이는 계란 북어국.

새우젓과 호박을 넣고 끓이는 새우젓 북어국.

김치를 총총 썰어넣어 끓이는 김치 북어국.

두부를 넣어 끓이는 두부 북어국.

감자와 양파를 넣고 끓이는 감자 북어국.

미역을 넣고 끓이는 미역 북어국.

아욱을 넣고 끓이는 아욱 북어국.

표고버섯을 넣고 끓이는 버섯 북어국.

뿐만 아니라 다슬기와 부추를 넣고 끓이는 해장국 등 그 종류도 참으로 많다. 모든 해장국에 빠지지 않는 것은 청양고추와 파다. 그리고 중요한 것은 육수이다. 국 요리뿐만 아니라 찌개요리에도 항상 육수를 따로 끓여서 사용한다. 찬물에 다시마와 멸치 표고버섯 양파를 넣고 한 15분 정도 끓인 다음 체에 걸러서 국물을 따라 놓는다. 나는 음식을 만들 때 인공조미료를 사용하지 않는다. 바쁠 때는 육수를 찐하게 끓여 냉장고에 보관했다가 요리할 때 물과 희석해서 사용하면 간편하고 맛도 그대로 유지할 수 있다.

북어는 단백질과 칼슘, 필수 아미노산인 '리신'이 풍부하여 감기 몸살에 좋다. 특히 간을 보호하고 간의 독소를 배출시켜주며 알코올 분해 효과도 뛰어나 해장국으로 인기가 있다. 또한 북어는 알레르기 체질 개선과 소화기능이 약한 사람에게도 도움이 될 뿐 아니라 해독작용도 뛰어나다. 그래서 눈과 피를 맑게 해주고 손발이 찬 사람에게도 아주 좋은 식품이라고 한다.

내 북어국 실력이 제대로 발휘된 것은 우리 아이 4학년 때이다. 그때 나는 우리 아이 보이스카우트 어머니회장을 맡고 있었다. 초봄에 1박 2일 야외수련을 갔는데 밤새 비가 내리고 날씨가 얼마나 추웠던지 밤에 술들을 좀 과하게 먹었다. 그래서 아침에 속들을 풀어주어야 될 것 같아 평소보다 청양고추를 많이 넣고 콩나물 북어 해장국을 끓였다. 선생님들과 엄마들은 북어국이 이렇게 맛있는 줄 몰랐다며 계속 더 달라고 하여 큰 들통에 끓인 북어국이 이내 바닥을 드러냈다. 사람들이 맛있게 먹는 것을 보니 기쁘고 즐거웠다. 엄마들은 요리 레시피를 적어갔고, 북어국 하나로 칭찬이 이어졌다. 감사함의 아부일 수 있겠으나 진심도 담겨 있으리라. 따지고 보면 추운 날씨 덕분이다. 모두들 밤새 추위에 떨었으니 따뜻한 해장국이 아침 입맛에 당기는 것은 당연했다. 엄마들은 똑같이 국을 끓이는데 이런 맛이 안 난다고 했다. 그건 육수에 따라 맛이 달라질 수 있다고 하자, 그들은 새로운 사실이라며 집에 가서 똑같이 끓여보겠다고 한다.

예전 어머니들은 술 먹고 다니는 남편이 미워서 북어를 남편이라고 생각하고 방망이로 탕탕 치면서 북어를 부드럽게 만들었다고 한다. 그 마음 충분히 이해된다. 술 먹고 늦게 들어오는 남편이 예쁘다 할 순 없다. 다만 건강해야 돈도 벌고 그나마 가족을 책임질 수 있으니 챙겨주는 것이다. 한편으로 가족을 책임져야 한다는 무거운 짐이 버거워 술로 스트레스를 풀 수 있을 것 같다는 생각도 든다. 어찌됐든 해장국 하나로 인기가 치솟으니 이걸 술 좋아하는 남편의 덕이라고 해야 할지 참 아이러니하다. 사실상 즐거워서 해장국을 끓이는 아내가 어디 있을까.

주부의
자리

지난 토요일 남편 친구들 모임이 있었다. 회원은 12명이고 언제나 부부동반의 모임을 갖다 보니 모였다 하면 인원이 보통 20여 명은 족히 된다. 부인들 중 9명은 직업을 가지고 있고, 나까지 포함해서 3명은 직업이 없다(귀금속 매장을 오픈하기 전). 굳이 직업을 들자면 요즘 흔히 말하는 전업주부이다. 부인들 직업 또한 다양하다. 교사, 은행원, 공무원을 비롯하여 생산직에 근무하는 사람까지. 한창 분위기가 무르익어갈 때, 맞벌이 부부에 대한 이야기가 자연스럽게 나왔다. 이야기 시작은, 방송국 기자인 남편과 선생님을 부인으로 둔 친구가 먼저 불만을 터뜨렸다.

그 남편의 말인즉, 퇴근해 집에 오면 집 안은 그야말로 난장판이고 아이들은 꼬질꼬질하고 발을 어디에다 놓아야 할지 모를 정도로 어지럽혀진 거실을 보면 짜증부터 난다고 한다. 편히 쉬고 싶은데 오히려 스트레스만 쌓인다는 것이다. 여기에 뒤질세라 친구 부인도 맞수를 친다. 똑같이 직장 다니고 똑같이 돈버는데 왜 여자만 집안일을 해야 하는지 억울하다며, 여자가 무쇠로 만들어진 것도 아니고 사람인데 어떻게 두 가지 일을 완벽하게 할 수 있느냐는 것이다. 당연히 남자도 가사를 도와야 공평한 것이 아니냐고 따진다. 옆에 있던 한 엄마가 말을 받았다.

"모두들 행복한 소리만 하네!"

나는 궁금해서 물었다.

"왜, 그 집은 무슨 문제 있어?"

"우리 집 양반은 나보고 집에서 밥만 축내고 있다고 불만이야."

그 순간 그 부인의 남편의 얼굴을 보자, 괜히 내가 민망했다. 왜냐하면, 내가 알고 있는 그 남편은 아내가 무슨 말을 하던지 평소에 별로 대꾸도 하지 않고 다 받아 주기 때문에 그 불만은 어쩌면 농담으로 했을 것이기 때문이다. 그러면서 나도 모르게 남편의 얼굴을 보게 되었다.

남편이 눈치를 챘는지 말을 거들었다. 여자가 직장을 가지면 당연히 잃는 것이 있게 마련이다. 그건 각오를 해야 되는 것이 아니냐. 그래서 본인은 아내가 가정을 지켜주는 것이 경제적 여유보다 훨씬 편하고 좋다는 것이다. 남편의 따스한 말 한마디에 힘입어이 기회에 하고 싶은 말도 하고 남자들의 사고방식도 바뀌어야 한다는 생각에 주부의 자리에 대해 설명하기 시작했다.

주부가 가정의 행복을 지키기 위해 얼마나 장고의 인내의 시간이 필요한지. 그렇게 해서 지켜온 것이 가정이라는 것을 남편들이 알 필요가 있다. 아침에 출근하는 남편과 아이에게 싫은 말을 하고 싶은데도 밖에서 하루 종일 기분 언짢을까봐 할 말을 감추고, 또 저녁에 해야지 하다가도 피곤해 절어 들어오는 남편을 보면 안쓰러워 말을 못한다. 그러다 보면 주부들도 스트레스가 쌓이지만 가정의 평화를 위해 인내심으로 버티는 것이다. 순간의 부부싸움으로 이혼을 하자면 어디 온전한 가정이 있을까. 그건 비단 아내만의 인내는 아닐 것이다. 남편들 역시 많은 인내를 하고 있으리라.

그것뿐인가, 하루 일과를 집 안 청소로 시작해서 설거지, 빨래를 끝내고 나면 아이가 학교에서 돌아온다. 그때부터 간식 챙겨주고 숙제 봐주고 아이의 고민 들어주고 그러다 저녁 준비할 시간이 되면 시장에 장보러 간다. 어떻게 하면 적은 돈으로 저녁상을 잘 차릴 수 있을까! 똑같은 고민을 매일 반복한다. 깨끗한 이부자리, 깨끗한 집 안, 분위기 있고 화목한 가정을 만들기 위해 남편 눈치보고 아이 눈치보고, 나쁜 이야기 상처받을 이야기는 감추며 전전긍긍한다. 누구나 하고 싶은 말을 다 하고 사는 사람은 없을 것이다.

그러다 보면 주부들의 가슴은 감정까지 무디어져가고 때론 인생의 허무함마저 들 때도 있다. 하지만 남편과 아이가 행복해하고 즐거워한다면 주부로서 그 이상의 바람은 없을 것 같다.

이 세상의 주부는 누구나 다 주부이다. 그러나 행복한 가정을 가꾸는 것은 누구나 다가 아니고 행복을 가꾸기 위해 열심히 노력한 자만의 것이다. 가정이란 조금씩 양보하고 서로 배려하며 인내하고 참아내는 것이리라. 나도 모르게 너무 열심히 열변을 토했는지 주위가 조용하고 모두들 진지하게 듣고 있다. 평소에 별로 말도 없고 나서지도 않던 내가 그렇게 자신 있게 말할 수 있었던 것은 주부의 자리만큼은 확실하게 지켰다는 자부심에서 용기가 생겼나 보다.

주위에서 주부가 직업을 가지면서부터 경제력은 늘었는데 아이도 삐뚤어지고 남편도 밖으로만 돌고, 씀씀이도 헤퍼져 가족이 종종 깨지는 아픔을 보았다. 며칠 전 신문에서도 요즘 남자들은 신붓감으로 씩씩하고 용기 있는 전사 같은 아내들을 원한다는 기사를 남편과 같이 읽었다. 그럴 때면 남편이 뭐라고 하는 것도 아닌데 왠지 기가 죽고 미안해진다.

"당신은 훌륭해. 지금의 당신 모습이 가장 아름다워."

남편의 말 한마디가 오늘의 나를 떳떳하게 만든다. 남자들도 아내가 직업을 가지면 가정의 완벽함에 대한 욕심을 버리라고 말하고 싶다. 성공한 남자들의 뒤에는 묵묵히 지켜주는 아내의 내조가 있다는 것을 알아주었으면 한다. 주부의 자리는 가족 모두가 아름다운 화음을 만들 때 비로소 우뚝 서는 것이다.

제2장

스쳐가는
바람

지난 몇 달 동안 고통스러운 날들이었다. 무기력감에 빠져 어떤 일을 해도 신이 나지 않았다. 자식들은 부모 보호 아래 천진하게 자라다 조금씩 자기 주장과 의사 표현이 강해지는 시기가 있는 것 같다. 그리고 공부는 뒷전이고 아무것도 아닌 일에 짜증을 내며 친구들과 밖으로만 돌면 우린 흔히 사춘기가 왔다고 생각한다. 아들에게 큰 기대나 큰 욕심을 내지 않았건만 십대들의 사춘기는 그냥 지나칠 수만은 없는 것이었나 보다. 오죽하면 사춘기를 질풍노도의 시기라 여기며 부모들을 한걱정하게 만들까. 아들 때문에 힘들어 하자 주위에서 누구나 한번쯤 겪는 일이라며 위로해준다. 그 누구나가 겪는 사춘기를 겪지 않으면 안 되는 걸까. 예외 없이 나에게도 찾아왔다.

아들은 성격이 좋아 유난히 친구가 많다. 게다가 사교성도 좋으니 주변에 친구들이 끊이지 않아 한때는 친구 많은 것을 자랑으로 여기기도 했다. 그런데 지금은 친구가 너무 많은 것도 부담이 된다. 더구나 아들은 성격만 좋은 것이 아니라 마음도 약해 거절을 잘 못한다. 학생이 공부는 안 하고 친구들과 밖으로만 나돌아 다니니 불미스런 일들이 생기는 것은 당연지사다. 그렇다고 초등학교 때부터 친하게 지내는 녀석들이라 떼어놓을 수도 없다. 부모가 떼어놓는다고 떨어질 것도 아니지만 어찌 됐든 한 녀석 한 녀석 바라보면 모두 순진하고 착한 애들인데 뭉치면 사고를 친다.

아들 말에 따르면 호기심으로 술 마시고 담배를 피우다가 선생님께 들켰다고 했다. 그 문제로 학교에서 부모님들을 다 소집하였다. 학교에서는 처음이 아니라서 한 번만 더 걸리면 전학 조치를 하겠다고 으름장을 놓으니 부모들도 무언가 조치를 취해야만 했다. 엄마들도 서로 다 아는 사이여서 아이들을 일단 떼어놓아 보자고 의견을 모았다. 그게 어디 마음대로 될까. 그래도 뭔가는 해봐야 될 것 같아 외출을 금지시키고 학교가 파하는 시간에 맞춰 교문 앞에서 기다려 바로 학원으로 이동시켰다. 아들은 창피하게 교문 앞에서 기다린다고 짜증을 냈지만 수고하는 엄마는 보이지 않느냐고 역정을 내며 그대로 감행했다.

결국 그게 문제의 발단이 되어 세 녀석이 가출을 시도했다. 이유인즉, 숨이 막히고 답답하고 자유를 찾고 싶었단다. 아들은 편지한 장 달랑 써놓고 깊이 반성하고 돌아온다는 내용과 엄마를 실망시켜드려 죄송하다 당분간 찾지 말라며 집을 나갔다. 이 철없는 행동을 어찌 받아들여야 할지 앞이 캄캄했다. 의논하자고 모인 엄마들은 눈물이 먼저 나왔다.

아이들을 늦게 찾으면 무슨 일이 생길지 몰라 담임선생님께 울면서 전화를 드렸다. 담임은 내가 울면서 전화를 드려서 그랬는지 곧바로 집으로 달려오셨다. 나는 선생님께 편지를 보여드렸다. 담임은 오늘밤 안으로 애들을 찾아올 테니 걱정하지 말라 하셨다. 나중에 알고 보니 담임이 졸업한 선배들에게 그러니까 조금 논다는 아이들에게 녀석들을 당장 잡아오라고 했던 것이다. 중학생들이 집을 나가면 어디에 가서 노는지 그들만의 세계는 그들만이 가장 잘 알고 있었다. 함께 집을 나간 녀석의 형도 선배여서 A신도시 PC방에 있는 녀석들을 찾아 담임에게 인수했던 것이다. 담임은 아이들에게 저녁까지 먹여서 밤 9시를 조금 넘겨 집으로 데리고 오셨다. 남편은 집나간 녀석을 뭐 하러 찾느냐고, 고생을 해봐야 집이 소중한 줄 안다며 성을 내었다. 아들의 사춘기는 부모에게도 전염되어 싸우지 않아도 될 일을 내가 과잉보호해서 그렇다고 하니 같이 성을 낼 수밖에. 그러다 아들이 또 집을 나갈까 봐 속상해도 참으려니 화병이 생기려 하였다.

아들은 잘못을 해놓고도 자기가 무슨 개선장군이나 된 듯 친구들과의 의리를 내세워 별 참견을 다 하고도 의기양양하게 잘했다고 할 때는 참으로 어이가 없다. 오히려 어른들이 이상하다는 것이다. 왜! 어른들은 술 마시고 담배를 피우면서 똑같은 기호식품을 학생들만 피우지 못하게 하느냐고 따질 때는 대책이 안 섰다. 학생의 신분이고 학교는 지켜야 할 규칙이 있고 그 규칙을 어기면 처벌이 따른다는 것을 모르진 않을 텐데. 단지 반항하고 싶은 마음과 호기심의 작용이 컸을 것임을 부모 역시 알고 있다. 그런 애들에게 건강 문제와 학교 제도를 들어 무슨 말로 설명을 한들 이해하고 고분고분 따를까 하는 의심마저 먼저 들었다.

그 이후 아들과 많은 대화를 하였다. 아들은 공부를 싫어해서 우선 공부는 강요하지 않기로 했다. 그럼 그 시간에 다른 무엇을 해야 딴 생각을 하지 않을까 고민하다 초등학교 때, 사생대회만 나가면 상을 타온 것이 생각나 미술학원을 권유했다. 다행히 아들은 그림 그리는 것을 좋아해 친구들과도 서서히 만나는 횟수가 줄어들었다. 그나마 그림 그릴 때가 마음이 제일 편하다고 한다. 하지만 축구를 좋아하는 녀석들은 주말이면 언제나 모여서 운동을 했다. 그것까지는 말릴 수 없는 일이었다.

그 이후 한 번 깨진 믿음은 회복이 더디어 아들이 눈에 보이지 않으면 오만가지 상상이 되면서 불안하였다. 학교에서 전화만 걸려와도 담임이 찾는다고만 하여도 가슴이 철렁철렁 내려앉았다.

지금에 와서 생각해보면 나에게나 아들에게나 잠시 스쳐가는 바람인 것을 그때는 참으로 힘들어 했던 것 같다.

보석을 찾는 마음

인연

대모님과 인연을 맺은 것은 27년 전 여름이었다. 당시 대학생이
었던 동생이 휴가를 나온 군인들과 작은 사건이 있었다. 지금은 어
떤지 모르지만 1980년대는 군부독재 시절이어서 억울함을 어디에
하소연할지 몰라 애만 태우고 있었다. 군인들은 휴가를 마치고 모
두 부대로 귀대를 하였다. 사건은 그대로 마무리되지 못하고 방치
된 것이다. 하지만 동생은 피해자이면서도 계속 경찰 조사를 받는
것이 불공평하여 그냥 참고 있을 수만은 없었다. 당시 군인들 문
제는 헌병대 감찰과에서 처리하였기에 민간인은 부대에 들어가는
것조차 허락되지 않았다. 그래서 헌병대와 연락이 닿을 만한 사람
을 수소문 하던 중, 아는 지인이 모 기관의 부장이셨던 분을 소개
해주셨다. 지인은 약속을 해두었으니 직접 집으로 찾아가 보라고

하였다.

버스를 타고 가는 내내 머릿속이 복잡했다. 좋은 일도 아니고 청탁을 하러 가는 길이니 어떤 사람들일까? 대문에서 거절하지는 않을까. 집으로 가면 사모님이 계실 텐데 무시하면 어쩌지. 처음에 어떻게 말을 꺼내지. 기대 반 체념 반 그런 심정으로 갔다.

주소를 들고 찾아간 곳은 강남구 논현동 주택가였다. 논현동 집은 큰 주택들만 있어서 그런지 주소만 갖고도 금방 찾을 수 있었다. 초인종을 누르고 용건을 말하니 대문이 열렸다.

안으로 들어서자 마당 한쪽에 커다란 진돗개가 있었고, 마당은 어찌나 깔끔한지 티끌 하나 없을 정도로 잘 정돈되어 있었다. 굉장히 부지런하고 깔끔하신 분일 거라는 생각이 들었다. 정원은 주변에서 흔히 볼 수 있는 봉숭아꽃, 나팔꽃, 접시꽃 등으로 아담하게 잘 가꾸어져 있었다. 깨끗한 정원을 둘러보며 두근거렸던 마음이 진정되었다. 현관문이 열리고 사모님이 직접 나오셨다. 통통한 몸매에 화장기도 전혀 없는 맨얼굴이 평범하면서도 어딘가 범접할 수 없는 기품이 있어 보이셨다. 사모님은 부드러운 미소와 정감 있는 목소리로 따뜻하게 맞이해주셨다. 더운데 여기까지 오느라고 수고했다. 집 찾는 데 힘들지 않았느냐, 너무나 친절하시어 긴장했던 마음이 편안해졌다.

집 안으로 들어가 또 한 번 감동받았다. 거실에는 오래된 나무

소파가 전부였고 안방의 장롱은 8자로 보통 사이즈이며 깔끔하면서도 조금은 낡아 보이는 찬장도 시집올 때 해온 것을 그대로 사용하고 있는 것으로 보였다. 거실 소파에 앉아 있는데 사모님이 직접 화채를 만들어 내오셨다. 그뿐이 아니다. 점심까지 준비를 해놓으셨다. 나는 뜻밖의 황송한 대접에 미안해서 점심은 사양하겠다고 했지만, 그럼 당신이 섭섭하시다며 나하고 같이 먹으려고 안 먹었다고 하신다. 밥상에는 된장국과 상추쌈, 겉절이, 조기구이가 정갈하게 차려져 있다. 사양했던 마음과 달리 밥상을 보니 배꼽에서 꼬르륵 신호를 보낸다. 그러고 보니 아침을 대충 먹고 온 것이다. 사모님은 밥상을 들고 안방으로 가시며 들어오라고 하셨다. 나는 안방까지 내주시는 그분의 마음씀씀이에 고마워 어쩔 줄을 몰랐다. 한편으로 처음 보는 나를 믿어주신 것 같아 고맙기도 했다. 사실 안방까지 공개하는 일은 그리 흔치 않은 일이다. 맛있는 반찬에 밥 한 그릇을 뚝딱 비웠다. 사모님은 누룽지까지 내오시며 밥을 맛있게 먹어줘서 고맙다고 하셨다.

식사를 끝낸 후 사모님은 바깥양반이 오시려면 시간이 조금 걸릴 테니 잠시 편하게 쉬고 있으라 한다. 나는 밥까지 배부르게 먹으니 잠이 쏟아졌다. 나도 모르게 그대로 잠이 들었나 보다. 나중에 사모님 남편이 오신 줄도 모르고 자고 있었으니 얼마나 황당한 일이었을까. 미안해하는 나에게 두 분은 잘 잤느냐며 부드러운 미소를 띄우신다. 사모님의 남편분과 이야기를 나누던 중 우린 같은 성(姓)에 같은 본(本)이었다. 촌수를 따지니 한참 윗대인 할아버지뻘이었다. 그래서 호칭을 대부님, 대모님으로 부르기로 하였다. 대부님은 직접 헌병대까지 동행해주셨고 사건은 순조롭게 해결되었다.

어느 해 명절 대모님 댁에 가니 안방과 거실이 손님들로 꽉 차 있었다. 얼른 주방으로 들어가보니 대모님 혼자서 여러 다과상을 손수 보고 계셨다. 안타까운 마음에 가정부라도 두시지 힘들지 않으시냐고 물었다. 대모님은 집에서 노는 사람이 이런 일로 힘들다고 하면 되겠느냐고 하신다. 나는 팔을 걷어붙이고 부엌일을 거들어드렸다. 그런데 내가 놀란 것은 또 있다. 대모님은 손님이 가실 때 모두 선물을 하나씩 챙겨 보내셨다. 손님들도 올 때 빈손으로 오지 않듯이 갈 때도 빈손으로 보내지 않으셨다. 선물 또한 과한 것은 금지였으므로 누구나 가벼운 마음으로 인사를 올 수 있다는 것을 알았다. 나 역시 갈 때는 선물로 참기름 짠 것이나 김, 나중에는 두 분이 곶감을 좋아하셔서 주로 곶감을 사들고 찾아뵈었다.

결혼을 하고 남편과 함께 찾아뵈었을 때, 밥상에 여러 가지 나물이 많이 올라와 있어 비빔밥을 좋아하는 남편이 고추장을 넣고 비벼서 된장국에 밥을 아주 맛있게 먹었다. 그 모습을 보고 나도 모르게 대모님 댁 고추장과 된장은 정말 맛있어요, 했다. 대모님은 집으로 돌아가려는 내게 보따리 하나를 내밀었다. 집에 가서 끌러보라고 하신다. 집에 도착하자마자 보자기부터 풀었다. 거기에는 고추장과 된장이 예쁜 카드와 함께 들어 있었다. 결혼했으니 예쁘게 잘 살라는 편지였다. 그때의 가슴 뭉클함은 지금도 선명하게 전달된다.

대모님은 어떻게 생각하고 계실지 모르겠지만 나는 첫 만남이 청탁에서 비롯됐기 때문에 불편한 마음이 항상 자리하고 있었다. 그래서 나의 바람이라면 청탁이 없는 세상에서 살았으면 얼마나 좋을까 생각해본다. 그런 인연으로 20년을 넘게 관계를 맺어왔다. 지난봄에 들렀을 때 대모님 건강이 안 좋아 보였다. 아무래도 연세가 있으니까 걱정이다.

지금은 두 분이 고향으로 낙향하여 지내신다. 그래서 연락이 좀 뜸해졌지만 대모님의 소박하고 남을 배려하는 따뜻한 마음씨는 내 인생의 삶에 모티브가 되고 있다.

 뉴스를 통해 창운 이열모 화백(83세)의 부음을 들었다. 뜻밖이었
다. 그분을 LA병원에서 뵌 지가 불과 이십여 일밖에 지나지 않았
기 때문이다. 미주 세미나 때 그곳에서 활동하시는 한 작가의 안내
로 지인들과 함께 문병을 갔었다. 그때 이열모 선생님은 몸이 무척
이나 야위어 있었다. 직감으로도 병환이 위중하시다는 걸 느낄 수
있었다. 그래서 어느 정도 예상은 하고 있었지만 막상 부음을 접하
니 너무 이른 것은 아닌지 아쉬움이 들었다. 병실에 계셨던 선생님
의 모습이 떠오르면서 인생의 허무함이라고 해야 할까. 착잡한 심
정이었다.

 나는 개인적으로 그분에 대해서 잘 모른다. 지인으로부터 실경
산수 화가로 유명하시다는 말만 들었던 기억이 난다. 그러나 LA병

원에서 그분을 처음 뵈었을 때 아주 오래전에 만났던 사람처럼 강한 인상을 받았다. 이열모 선생님은 그 짧은 시간에 우리에게 많은 이야기를 들려주셨다. 본인의 인생철학뿐 아니라 그림을 다시 그리고 싶어 하시는 간절함과 한국에 있는 제자들을 무척이나 그리워하셨던 것 같다. 또한 고국에 대한 그리움은 말할 것도 없거니와 특히 고향산천을 화폭에 담고 싶어 하시는 소망을 엿볼 수 있었다.

이열모 선생님을 만났을 당시 몸은 많이 불편하셨지만 옛날 추억에 대한 기억력은 좋으셨고 말씀을 아주 재미있게 잘하셨다. 특히 젊은 시절에 관상을 잘 보셔서 그로 인해 맺어진 인맥 이야기, 성균관 대학교로 출강하시게 된 사연, 아드님의 학창시절의 에피소드, 게다가 예쁜 여자를 좋아한다는 농담까지 하셨다. 우리는 "예쁜 여자를 좋아하지 않을 남자가 어디 있어요!"라며 웃었다. 선생님이 말씀하시는 중간 중간에 고향에 대한 향수가 짙다는 것을 많이 느꼈다. 과거를 추억하고 회상하시는 그 순간 그분의 눈이 아련한 애수에 잠겨드는 것을 보았다. 사람은 똑같은 상황에서도 보이는 사람에게만 보인다는 말을 누군가가 내게 들려줬던 기억이 떠오른다. 그래서일까! 그분과의 깊은 교감은 없었지만 부음을 듣자 병원에서 마지막 뵈었던 모습이 교차되면서 그분의 말씀이 뇌리에서 떠나지 않는다.

이열모 선생님의 병실 머리맡 위에는 이열모 화백과 충북 보은

군수, 아들이 함께 찍은 기증협약식 사진이 붙어 있었다. 충북 보은 출신인 이열모 화백이 평생을 헌신하여 그린 실경산수화 미술작품 268점, 미술관련 도서 446권, 작품도구 등을 고향 보은에 기증하기로 하고 찍은 사진이었다. 기증품들은 보은에 새로 건립될 이열모 화백의 미술관에 소장하기로 되어 있다.

나는 이열모 선생님을 뵙고 국내에 돌아와 그분에 대한 업적과 발자취를 인터넷을 통해 찾아보고 그분의 그림 세계를 접해보게 되었다. 이열모 화백은 한국의 빼어난 산수를 화폭에 담은 실경산수 화가로 국내뿐만 아니라 재미 한국화가로도 유명하였다. 또한 이열모 화백은 한국화가의 대가인 장우성 화백의 애제자로 이천시립 월전미술관 관장으로도 재직하였다. 두 사람은 서울대학교 미술대학에서 맺어진 사제간으로, 스승을 위한 제자의 보필과 헌신은 미술계에서도 미담으로 회자되고 있다. 그렇게 유명하신 화백을 생전에 한 번 뵐 수 있었다는 것은 분명코 행운이었다.

우린 살아가면서 수많은 사람과 만나고 헤어진다. 어떤 사람은 아주 오래 관계를 맺고 살아도 아무 생각이나 기억이 나지 않는 경우가 있다. 하지만 아주 짧은 만남이지만 오래도록 강인한 인상으로 기억되는 경우가 있는데, 그분이 바로 이열모 화백이시다. 병실에서 잠깐 뵈었던 그분이 유명한 실경산수 화가라고 하시니까 그만남이 더 특별하게 여겨지고 소중하였다. 아쉬움이라면 다시는 뵐 수 없다는 것이지만 그래도 그분이 남겨놓으신 작품들이 있어서 작품으로 만날 수 있어 정말 다행이다. 인연이라는 것은 참으로 오묘하다. 원한다고 해서 이루어지는 것도 아니고 전혀 생각하지 않아도 만날 사람은 만나지는 것 같다. 옷깃만 스쳐도 인연이라고 했는데 직접 뵙고 선생님의 전생(全生)의 이야기까지 들을 수 있는 인연이라면 보통 인연은 아닐 것이리라.

부고(訃告)

일요일 오후.

집안일을 끝내고 소파에 몸을 뉘이자 잠이 솔솔 왔다. 잠결에 휴대폰에서 "문자왔어요" 한다. 확인할까 하다가 그냥 모른 척하고 잠을 청했다. 쉬는 날인데, 이렇게 소중한 나의 시간을 방해받고 싶지 않은 마음이 더욱 컸던 것 같다. 어쩌면 광고문자일지도 모른다고 생각하며 대수롭지 않게 넘겼다. 그동안의 경험으로 보아 망설이다 궁금해서 확인해보면 광고 메시지가 와 있는 경우가 비일비재하였다. 그럴 때는 정말 짜증나고 맥 빠진다. 그래서 메시지를 중요하게 여기지 않고 그대로 깊은 잠에 빠져들었다.

한잠 푹 자고 났더니 나른하던 몸이 한결 가벼워졌다. 시간이 얼마나 흘렀는지 밖은 이미 어두워져 있다. 탁자 위에 놓인 휴대폰에서 초록색 빛이 계속하여 반짝거린다. 아참! 그때 생각났다. 확인하지 않은 문자.

몇 년 동안 서로 연락이 없이 지내던 지인한테서 온 문자였다. 지인의 아버지가 돌아가셨다는 부고(訃告) 내용이다. 장례식장은 대전이었다. 참으로 난감하였다. 가야 하나 말아야 하나. 지방까지 달려가 위로해줄 정도로 우리 관계의 추억이 있었던가 고민하게 되고, 앞으로도 지속적인 관계가 이루어질 것인가 고민하였다. 또 상대방의 입장이 되어서 생각해보고 나라면 어떻게 했을까 생각해보았다. 나라면 당연히 연락을 못 했을 것이라는 데 마음이 가 멈추었다. 아니 못 한다기보다는 할 수 없었겠지. 평소에 별로 친하지도 않은 사람한테 더구나 몇 년씩 연락 없이 지내는 사이라면 부고장을 보낼 수는 없다. 그게 나의 삶의 방식이니까. 나는 결혼식뿐만 아니라 그 외의 일들(병문안, 축하할 일들)을 내가 챙겼다고 해서 막상 나에게 그런 일들이 닥치면 연락을 못 한다. 나중에 알고 서운해하는 사람도 있지만 꼭 누를 끼치는 것 같아 주저하게 된다. 그래서 가지 않기로 결정을 내렸다.

그런데, 갈등은 그때부터 시작되었다. 마음이 편치 않을뿐더러 머릿속에서 부고 내용이 쉴 새 없이 돌아다녔다. 시간이 흐를수록 마음은 점점 지옥이 되어 갔다. 나중에 혹여라도 우연히 어디에선가 만나거나 부딪친다면 모른 척 안면몰수할 수 있을까. 요즘 애들

말로 '쌩깔' 수 있을까. 아님 사정이 있어서 못 갔다고 구차한 변명을 해야 할까. 그것도 아니면 모른 척. 아님 문자를 보지 못한 것처럼 해야 할까. 잡다한 온갖 상상이 머릿속을 헤집고 돌아다녔다. 그런 치사한 해명들의 고민이 더욱 내 자신을 초라하게 만들었다. 부고장 하나 놓고 수많은 생각을 하고 있는 자신이 우습기도 했다. 시간은 밤 9시를 넘어가고 있었다. 월요일은 출근해야 하기 때문에 갈 마음이면 이제라도 출발을 해야 하는데 밖엔 비가 주룩주룩 내리고 있다. 왜! 날씨까지 발걸음을 무겁게 짓누르고 있는 것인지 괴로웠다.

시계를 보지 않으려고 해도 눈길이 자꾸만 시계로 갔다. 시간은 왜 그리 빨리 지나가는지 9시 30분이 지났다. 빨리 가는 시간만큼 내 머릿속도 복잡하고 초조했다. 그리고 지인과의 관계를 다시 생각해보았다. 분명 내게 문자를 보냈을 때는 그 순간 나와의 지난 추억들을 떠올렸을 것이고 나라면 한걸음에 달려와 자신을 위로해줄 수 있는 친구라고 생각했을지도 모르겠다. 그런 생각에 마음이 머물자 앞서 고민했던 것들이 다 부질없는 것이었다.

결국 밤 10시에 빗길을 달려 장례식장으로 향하였다. 장례식장에 도착하니 시간은 자정을 넘겨 새로운 날이 시작되고 있었다. 그녀는 나를 보자마자 반가워 덥석 두 손을 잡으며 끌어안는다. 예상 외의 그녀의 행동에 조금은 당황스러웠지만 나도 그녀를 살며시 안아주었다. 그날 내가 느낀 것은 서로가 다른 추억을 쌓고 다른 생각을 상대에게 하고 있다는 것을 알았다. 결국 나의 결정이 옳았으며 우리 관계도 새날처럼 새로 시작되었다.

엄마가
된다는 것

한여름 한낮에 뜨거운 태양 아래서 한 여자가 땅바닥에 털썩 주 저앉아 남매를 끌어안고 울고 있다. 우리 매장 앞에서 일어난 일이 라 그 모습을 보고 무슨 일인가 싶어 문을 열고 밖으로 나갔다.

여자는 많이 지쳐 있었고 여섯 살쯤 보이는 여자아이는 엄마가 울고 있자 겁먹은 표정과 슬픈 표정이 뒤엉킨 채 나를 물끄러미 쳐 다본다. 세 살 정도 보이는 남자아이는 엄마 품에서 놀란 표정으로 이미 한바탕 울었는지 꾀죄죄한 얼굴로 나를 바라본다. 날씨가 무 척 더워서 먼저 그들을 매장 안으로 들어오게 하였다. 그들에게 시 원한 음료수를 주고 그녀가 진정하고 말을 할 때까지 기다렸다.

얘기인즉. 여자가 은행에서 돈을 찾고 있을 때 작은 녀석이 어 느새 밖으로 뛰쳐나가 잃어버렸던 것이다. 울고 헤매는 아이를 어느 할아버지가 찾아주었다. 아이를 찾기까지 여자의 심정이 어떠했을지 말을 하지 않아도 알 것 같다. 더구나 아이는 말도 제대로 못하는 어린 나이였으니 집을 찾아오기는커녕 조금만 혼잡해도 엄마를 알아보지 못할 나이이다. 그러니 엄마의 심정이 오죽했을지 헤아려진다. 그녀의 다리는 후들거렸을 거고 얼굴은 노래서 몇 끼 굶은 사람처럼 핏기도 없이 초라했을 것이다. 잠깐 동안이지만 온갖 불길한 생각이 온통 머릿속을 채웠을 것이고 창피도 모르고 울면서 이 사람 저 사람 붙들고 우리 아이 못 봤느냐고 하소연했을 것이다. 뿐만 아니라 찾기만 하면 가만두지 않을 것이라는 다짐도 함께 했을 것이다. 그녀는 어느 정도 진정이 되자 감사하다며 돌아갔다.

엄마가 된다는 것은 그런 것이다. 아이는 절대 혼자 크는 것이 아니며 엄마의 가슴에 수많은 생채기를 내며 자란다. 때론 행복을 때론 즐거움을 때론 고통을 주며 함께 크는 것이다. 누구나 엄마라면 이런 경험을 아주 사소하게나마 가지고 있을 것 같다.

우리 아이도 다섯 살 때 몇 시간 동안 잃어버려 온 집안을 들썩이게 한 적이 있다. 큰언니 생일날 온 가족이 모여 식사를 하려고 했다. 분주한 날이라 아이를 미처 생각하지 못했는데 밥상 앞에 우리 아이만 보이지 않는다. 더구나 큰언니가 사는 집은 주택가로 골목이 하도 많아 어른도 길을 잃어버리면 찾기 힘든 곳이다. 가족 친지들 모두가 생일 밥상을 차려놓은 채 밖으로 나가 흩어져 아이를 찾았다. 동네를 몇 바퀴씩 돌았지만 아이는 보이지 않았다. 시간이 길어지자 경찰에 신고를 했고 백차가 바로 달려왔다. 경찰은 아이의 인상착의를 듣고 주변을 점검하겠다며 사라졌다. 우린 또다시 근처의 학교 운동장, 오락실, 공원, 문방구를 돌고 돌아 찾아봐도 아이는 없다. 시간이 흘러갈수록 불안감도 커졌으며 난 울다 지쳐서 이미 탈진하여 꼼짝할 수도 없었다. 친정엄마는 아이 못 찾으면 사위 얼굴 어떻게 보느냐고 그 와중에도 사위 걱정뿐이다. 그게 시집이 아닌 친정에서 일어난 일이고 보니 엄마 마음은 다 그런 것인가 보다.

얼마나 시간이 지났을까! 현관 앞에 힘없이 주저앉아 있는 나를 보자 아무것도 모르는 아이는 반가운 듯 엄마! 하며 와락 안긴다. 가족 친지들은 아이를 보자 찾았다! 왔다! 녀석이 왔어! 하며 모두가 전쟁에서 살아 돌아온 사람을 맞이하는 것처럼 반가움과 안도감을 표현하였다. 주변에서 말리는데도 대여섯 시간이 지난 후에 나타난 아이의 행동을 보자 화가 나서 엉덩이를 마구 때려줬다. 온 가족들을 걱정하게 만든 녀석이 미워서 혼을 냈고 다시는 이런 일을 만들지 말라는 의미에서도 아주 무섭게 혼을 냈다.

그런데 아이의 말인즉, 집 근처 가전제품(하이마트) 매장의 3층에 컴퓨터 게임을 하는 곳이 있었다. 그곳에서 컴퓨터 게임에 빠져 정신없이 있었던 것이다. 한참 후에 배가 고파 큰이모 집으로 왔다고 한다. 아이가 설마 그곳에 있으리라곤 누구도 생각하지 못했다. 그곳에 컴퓨터 게임 하는 공간이 있는 줄도 몰랐으니까. 게다가 3층에 있으니 아무도 찾을 수 없었고 이름을 불러도 컴퓨터 소리에 듣지 못했던 것이다.

그 후로 아이의 소지품에는 전화번호와 이름표가 꼬리표처럼 붙었다. 옷, 신발 밑창, 모자, 가방 등 만약에 집을 잃어버리면 누구나 아이의 소지품을 보고 연락을 해줄 것이라 믿고 그렇게 하였다.

부모가 자식을 키우면서 가장 힘든 일은 아마도 아이를 잃어버리는 일일 것이다. 아이를 잃어버린다면 가정은 풍비박산되고 부모는 평생 죄의식에 젖어 살며 그 삶은 바로 고통일 수밖에 없다. 아이가 죽으면 가슴에 묻고 산다고 하지만, 아이의 생사도 모른다면 그건 바로 지옥일 테니까. 엄마가 된다는 것은 가슴 졸이며 숱한 밤을 지새우고 살얼음판을 걷듯 그렇게 아이를 키우는 것이다. 아이가 아플 때, 친구와 싸울 때, 사춘기 때, 군대 갈 때, 성인이 되어 떠나갈 때도 엄마에게 자식은 늘 애물단지이다.

진눈깨비

1월의 어느 날로 기억하고 싶다.

그건 정해진 날짜가 내겐 너무 무의미하기 때문일 것이다. 영하의 날씨에 눈보라치거나 진눈깨비가 내리거나 게다가 안개까지 자욱하게 깔리는 날은 마음속 깊이 묻어둔 슬픔이 차고 올라온다. 그 슬픔의 원천은 어찌할 수 없는 고통의 일부분이다. 살아 있어도 죽은 것처럼, 그것은 내 안에서 분리되지 못하고 뒤엉켜 결합된 채로 존재한다.

세월이 흐르면 희미해지겠지 하는 위안을 스스로에게 던지면서 지나온 날들이 아니었던가. 그런데 내가 행복할수록 풍요로워질수록 그 부피만큼 슬픔의 질량도 함께 하는 것이다. 오히려 살기 바쁠 때는 때론 잊고 지낸 시간도 있었다. 또래의 예쁜 딸들을 볼 때마다, 누군가 딸 자랑을 할 때마다, 우리 아이도 그랬겠지. 아마도 그랬을 거야. 어쩜 더 잘했을 거야. 그렇게 위로하며 잘 지내왔다.

오늘처럼 눈보라치는 날은 그날의 기억이 더욱 또렷이 재생된다. 언 강물로 너를 보낼 수밖에 없는 그날들이 수없이 반복해서 지나갔건만 또다시 돌아온 그날이 오늘이다.

베란다 창문을 활짝 열었다. 매서운 바람이 눈과 함께 들이친다. 난 창문 앞에 다가서서 눈보라를 온몸으로 받아들였다. 베란다에 얼마를 눈을 감고 서 있었던가. 몸이 굳는 감각을 느끼게까지 말이다. 이젠 눈물도 마를 때가 된 것 같은데, 날씨가 이렇게 추우면 수도꼭지도 얼지 않던가! 이제 그만 문을 닫고 안으로 들어가야 하는데 눈보라를 떨쳐낼 수 없으니 내가 아닌 나를 어쩌랴. 급격하게 내려간 체온 때문에 결국 바닥에 주저앉고서야 문을 닫고 기어서 거실로 들어왔다.

무릎 관절에서 오도독 소리가 난다. 그대로 바닥에 누워 심호흡을 하였다. 처음 있는 일이 아니었음으로 조바심은 나지 않았다. 그냥 눈을 감고 따뜻한 바닥에서 한참을 쉬었더니 체온이 정상으로 돌아왔나 보다. 몸에 유연성이 느껴진다. 일어나 뜨거운 커피를 들고 소파에 앉아 창밖을 바라본다. 창문으로 보이는 눈발은 어느새 진눈깨비로 바뀌었다. 하늘은 우울한 잿빛이다. 온종일 눈발이 그칠 것 같지 않다.

그날도 오늘처럼 꼭 저랬다.

왜! 수많은 밝고 따뜻한 날들을 제쳐두고 진눈깨비 내리고 얼음이 꽁꽁 얼어 손발이 시리고 마음과 몸까지 추위에 떨게 하였던 날.

난 진눈깨비가 미우면서도 싫지 않다. 가끔씩 잠들어 있는 내 영혼을 깨워준다. 난 그렇게 나이 먹어가며 너하고 함께할 때도 있었다는 것을, 그리고 그 시간만큼은 세상에서 가장 소중하고 행복했었다는 것을 진눈깨비는 말해주고 있다.

언제 마음 놓고 내 아이의 존재를 말할 수 있을까. 아직은 보낼 준비가 안 돼 있어서 그런지 주변 누구에게도 말하지 못하고 있다. 이 글이 공개되는 순간 알게 되겠지. 소중한 내 아이의 존재로 누군가 나를 안쓰럽게 바라보며 잠시 동안 아픔을 함께해주겠지. 그리고 그것도 잠시, 모두에게는 잊히겠지. 그 뒤에 오는 슬픔이 더욱 나를 견디기 힘들게 할 것이다.

제발 내가 그것을 극복했는지 묻지 말아 주세요.
난 그것을 영원히 극복하지 못할 테니까요.
지금 그가 있는 곳이 이곳보다 더 낫다고 말하지 말아 주세요.
그는 지금 내 곁에 없으니까요.
더 이상 그가 고통받지 않을 거라고는 말하지 말아 주세요.

그가 고통받았다고 난 생각한 적이 없으니까요.

내가 느끼는 것을 당신도 알고 있다고는 말하지 말아 주세요.

당신도 또한 아이를 잃었다면 모를까요.

내게 아픔에서 회복되기를 빈다고 말하지 말아 주세요.

잃은 슬픔은 병이 아니니까요.

내가 적어도 그와 함께 많은 해들을 보냈다고는 말하지 말아 주세요.

당신은, 당신의 아이가 몇 살에 죽어야 한다는 건가요?

내게 다만 당신이 내 아이를 기억하고 있다고만 말해 주세요.

만일 당신이 그를 잊지 않았다면.

신은 인간에게 극복할 수 있는 만큼의 형벌만 내린다고는 말하지 말아 주세요.

다만 내게 가슴이 아프다고만 말해 주세요.

내가 내 아이에 대해 말할 수 있도록 단지 들어만 주세요.

그리고 내 아이를 잊지 말아 주세요.

제발 내가 마음껏 울도록

지금은 다만 나를 내버려둬 주세요.

- 리타모란, 〈옳은 말〉

이 시는 '아이를 잃은 엄마가 쓴 시'라는 부제가 있다. 오래전 이 시를 읽고 내 심정을 그대로 표현하고 있어 애송하게 되었다.

난 아직도 우리 아이에겐 죄인이다. 그 아이를 지켜주지 못해서 정말 미안하다. 인명재천이라고 하지만 나의 무능력 탓이 더 컸다는 생각을 지울 수 없다. 조금만 관심을 갖고 미리 건강을 체크했다면 불행은 막을 수 있지 않았을까. 맑고 고운 아이의 눈빛이 이렇게 가슴에서 살아 움직이는데 어찌 떠나보낼 수 있단 말인가. 아파서 고통스러워하는 모습이 그대로 남아 있는데, 그러면서도 엄마를 더 많이 걱정하는 눈빛이 나를 더욱 아프게 하는데, 이제는 보내줘야 하는데, 그래야 하는데, 그렇게 하려고 한다.

인식의
차이

오랜만에 이른 아침에 산에 올랐다. 8월 들어 유난히 새벽에 비가 많이 내린 탓이다. 그 사이 나뭇잎들은 진녹이 되었고, 훌쩍 자란 나무들로 숲은 더욱 울창해졌다. 산에 올 때마다 듣던 새소리도 영롱한 음색, 시끄러운 탁음들이 서로 싸우듯 거칠게 어우러지고 있다. 오늘 지저귀는 새소리는 산의 조화를 깨는 아주 시끄럽고 탁한 소리였다. 이쪽 나뭇가지에서 한 녀석이 울면 저쪽 나뭇가지에서 다른 녀석이 답을 한다. 그 소리가 사뭇 크고 청량하지도 않아 내 신경을 자극하였다. 나는 어떤 새인가 보려고 나무 사이를 아무리 둘러보아도 숲이 우거져 보이지 않는다. '녀석들 숨지 말고 떳떳하게 나와서 지저귈 것이지. 왜 몰래 숨어서 남의 흥을 깨는 거야!' 처음 듣는 소리는 아닐 텐데, 내 기분에 따라 아름다운 소리로 들리고 시끄러운 소리로 들릴 때도 있는 모양이다.

운동기구가 있는 곳에서 한참 운동을 하고 나니 땀이 촉촉하게 배어왔다. 숨도 고를 겸 벤치에 앉아 쉬고 있는데 개미 한 마리가 발밑에서 자기 몸뚱이보다 몇 배나 큰 벌(벌은 이미 죽어서 말라 있다)을 끌고 가파른 곳으로 오르기를 수십 번 시도하고 있다. 아무리 보아도 개미가 끌고 가기엔 무리인 듯싶은데 도대체 포기할 줄을 모른다. 개미는 조금 가다가 미끄러지고 또다시 시도하기를 10여 분이 지난 것 같다. 나는 보다 못해 조심스럽게 벌을 두 조각으로 나누어 주었다. 사람의 손이 닿는데도 개미는 도망가지 않는다. 마치 내가 자기를 해치지 않을 것을 알고 있는 것처럼. 그때서야 개미는 가볍게 반 토막의 벌을 끌고 자기 집으로 향한다. 죽은 벌이나 개미나 생명의 소중함은 똑같을 것이다.

지금 생각해보면 생각이란 것이 얼마나 단순하고 마음먹기에 달렸는지 모른다. 한때는 개미를 무지 싫어했다. 시커먼 것들이 한 무리 모여 있으면 그게 그렇게 징그럽게 보였다. 징그럽다는 이유만으로 개미들을 살생한 적이 있다. 지금은 아파트에 살고 있어 개미가 없지만 주택에 살 때는 시커먼 것들이 줄을 지어 창틀이나 담벼락에 끊임없이 붙어서 기어다니는 것을 보면 마구 없애버리고 싶은 충동을 느낀 적이 한두 번이 아니다. 그러나 그것들도 한 생명이라고 생각하고 바라보니 징그러운 감정이 싹 가시었다. 오늘처럼 개미의 행동에 관심을 갖고 보니 살기 위해 그 작은 몸뚱이로 최선을 다하는 모습에 오히려 지난날이 부끄럽다. 내가 그들보다 힘이 있다고 그동안 살생한 개미들한테 미안한 생각도 든다.

우리 집 강아지(호동이)는 나하고 인연 맺은 지가 13년째이다. 그전에는 개를 무척이나 싫어했다. 우선은 개털이 싫었고 개 냄새가 싫었으며, 그리고 무서웠다. 그러던 것이 우리 아이 중학교 2학년 때 강아지 한 마리 키우면 밖으로 나돌아 다니지 않고 공부를 열심히 하겠다는 말에 과감히 애견샵에서 3개월 된 시츄를 분양받았다. 인터넷을 뒤져 강아지에 대한 지식을 습득하고 훈련시키는 방법들을 익혔다. 그러나 강아지를 키우는 것이 생각만큼 쉽지는 않다. 시간을 많이 투자해야 하고 비용도 만만치 않게 들었다. 무엇보다 직장을 가지고 있는 나로서는 중간에 밥도 주고 배변 처리도 할 겸 집에 한 번씩 꼭 들르는 일이 여간 성가신 게 아니다. 처음에는 일상이 갑자기 바뀌어버린 일들로 갈등이 많았지만 강아지에게 점점 정이 들자 녀석이 그렇게 예쁠 수가 없다. 사람과 소통이 된다는 것도 신기했다. 슬픈 표정, 화난 표정, 미안한 표정, 아픈 표정, 거기다 애교까지 부리고 재롱도 떤다.

호동이와 나는 술래잡기도 하고 달리기 시합도 한다. 내가 숨어 있으면 잘도 찾아낸다. 어쩌다 못 찾으면 억울해서 코를 팽하게 풀면서 화풀이하는 모습은 또 얼마나 예쁜가. 탁자를 사이에 두고 달리기를 하면 녀석은 지지 않으려고 나름대로 머리를 쓴다. 머리를 쓴다는 것은 반칙을 한다는 것이다. 탁자를 사이에 두고 돌기를 하면 계속 도는 것이 아니라 기다리거나 반대로 돌거나 힘들면 탁자 위를 가로질러 사람을 잡는다. 그리고 지치고 힘들면 그만하라고 살짝살짝 깨문다. 또 내가 무슨 옷을 입느냐에 따라 녀석의 행동이 달라지는 것도 재미있다. 그건 녀석이 따라가야 할지 아닐지 분위기를 파악한다는 것이다. 그런 모습은 정말 사랑스럽고 예쁘다. 외출했다가 조금 늦게 돌아오면 화가 나서 몇 번씩 나를 공격한다. 화가 풀릴 때까지. 이유는 내가 올 때까지 현관문 앞에서 기다리다 지쳐서 그런 것이다. 살며시 안아주고 달래주면 앞장서서 가는 폼이 깃털이 날아다니는 것처럼 걸어간다.

이제 호동이는 우리 집에선 분위기 메이커다. 부부싸움을 해도 그 녀석 때문에 말하고 화해한다. 호동이는 커다란 눈망울로 애원한다. 큰 소리 내지 말라고, 화내지 말라고, 남편과 화해하면 꼬리를 흔들고 거실을 빙글빙글 돌면서 좋아하는 모습이란. 이내 사람을 기분 좋게 만드는 재주를 가진 녀석이다. 아들과 의견 차이로 소원할 때도 그 녀석이 중간다리 역할을 한다. 사람이 말을 안 하고 시무룩하게 있으면 앞에서 발을 간질이거나 손등을 핥으면서 눈빛으로 화해를 요청한다. 아들을 혼내면 아들 편을 든다. 녀석이 보기에도 아들이 약자로 보이는 모양이다. 내 손을 아프지 않게 몇 번씩 반복해서 깨문다. 그렇게 감정이 살아 있는 강아지를 사람이 아니라고 함부로 다룰 수 있겠는가. 단지 외양이 같지 않을 뿐 똑같이 숨 쉬고 생각하고 감정이 있는 귀중한 생명인 것을.

표정관리

상갓집에 가려고 길을 나서는데 비가 추적추적 내린다. 밤늦은 시간에 비까지 내리니 조금은 무서운 생각이 든다. 돌아가신 분이 이승과 헤어지기 싫어서 아니면 사랑하는 가족과 이별이 아쉬워 그 아픔을 눈물로 대신하는 걸까. 무섭다는 생각을 떨쳐내려고 머릿속에 별 상상을 억지로 자아내며 빗길을 달렸다. 남편 친구의 아버님이 운명하셔서 장례식장에 가는 길이다.

요즘은 전문 장례식장이 생겨 집에서 문상객을 맞이하는 일은 거의 사라졌다. 이제 나이가 들어가는지 상갓집을 문상하는 일이 자주 생긴다. 올해 들어 벌써 세 번째다. 결혼식만큼 축하하고 즐거워해야 할 일은 아니지만 장례식장이라고 슬픈 얼굴로 침묵하기란 그것도 쉽지 않다. 어린아이나 젊은 사람이 갑자기 예상치 못한 죽음을 당한다면 그것처럼 가슴 아프고 슬픈 일은 없을 것이다. 하지만 사실 만큼 사시다가 운명을 달리하신 분이라면 슬프다는 감정이 별로 들지 않는다. 더구나 평소에 그분에 대한 어떠한 추억도 없다면 더 말할 나위 없다.

친구 아버님은 향년 83세로 호상이라고 할 수 있다. 또한 지병이 있으신 것도 아니고 병원에서 한 달 정도 계시다 운명하셔서 돌아가신 분도 남은 가족도 모두가 복 받은 일이라고 입을 모았다. 상갓집에서 가장 곤혹스러운 것은 바로 표정 관리이다. 생전에 고인을 한 번도 뵌 적이 없으니 마음에 어떠한 감정도 안 생긴다. 그래도 예의상 문상이니 슬픈 표정 내지 심각한 표정이라도 지어야 하는데 자꾸만 웃음이 나와서 한 걱정이다.

남편 동창이라고 하지만 부부 동반으로 만나는 모임이다 보니 부인들끼리도 친하게 지내는 사이이다. 어찌 보면 문상은 핑계이고 친구들 만나는 즐거움이 한자리 하는 것 같다. 나는 차에서 내려 막 장례식장으로 들어가려는데 이유도 없이 웃음보가 터졌다. 한 번 터진 웃음보는 좀체 멈출 줄 모르고 이어졌다. 상주에게 예의가 아닌 것 같아 엄숙한 표정을 지으려고 하니 더욱 웃음이 멈추지 않는다. 고인의 장례실로 들어가다가 웃음보 때문에 다시 나왔다. 남편은 실컷 웃고 들어가라며 자리를 비켜주었는데 쉽게 진정이 되지 않았다.

장례실 입구에서 친구 부인들을 만나자 반가운 마음에 또 웃음이 터져나왔다. 우린 서로 안부를 물으며 수다를 떨었다. 내가 웃음 때문에 장례실에 들어가다 다시 나왔다고 하자, 그들도 이해된다며 우린 그렇게 한바탕 웃고 마음을 가다듬고 들어갔다. 상주(喪主)를 보자 슬픈 표정을 지으려고 했는데 웃음 뒤끝이라 그랬는지 또 웃음이 나왔다. 웃지 않으려고 입을 앙다물고 상주의 눈을 피해 먼 곳을 보는데 그 표정이 우스꽝스러웠는지 상주가 "왜 그래?" 한다. 상주에게 "미안해, 자꾸만 웃음이 나오려고 해서." 친구 부인은 자기네도 호상이라 웃기도 하고 떠들기도 한다면서 신경 쓰지 말라 한다. 웃음을 겨우 참고 묵념을 하였다. 난 고인에게 웃어서 죄송합니다. 부디 좋은 곳으로 극락왕생하시라고 마음속으로 빌어드렸다. 조금 있으니 친구들이 하나둘씩 모여들어 고인은 뒷전이고 그동안 쌓인 회포들 푸느라 화기애애한 분위기가 되었다. 돌아가신 분도 우리가 즐겁게 지내는 것을 더 좋아할 것이라 자위하며 쉴 새 없이 떠들고 웃다가 돌아왔다.

얼마 전에도 뇌졸중으로 쓰러진 큰형부가 10년을 넘게 병석에 계시다 피골이 상접해서 돌아가셨다. 당시 형부는 다른 사람의 손을 빌리지 않고 혼자서 할 수 있는 일은 아무것도 없었다. 대소변은 물론 음식도 수저로 떠서 먹여줘야 하며 앉지도 못하고 그저 누워서 눈만 깜박거리는 상태였다. 형부도 말은 못하시지만 무척이나 고통스러워하셨을 것 같다. 형부가 그런 상태인데도 언니는 형부를 병원으로 모시지 않고 집에서 본인이 직접 시중을 들었다. 그때 언니는 형부 병간호로 골병이 들어 병원에 입원해야 할 정도로 몸이 쇠약해져 있었다. 긴병에 효자 없다고 했는데 언니는 혼자서 그 긴 시간을 견디어왔다. 때론 힘들어서 불만을 할 만도 한데 그런 내색을 전혀 안 하는 언니가 부처님인가 싶기도 하고 때론 바보 같아 보여 괜히 화가 나기도 했다. 오히려 불만을 터뜨리는 내게 자신은 괜찮다며 아픈 사람이 더 고생이라고 성인군자같이 말한다. 그래서인지 문상을 가서도 고인에 대한 아쉬움과 슬픔보다는 언니의 건강이 먼저 걱정되었다. 이젠 언니가 자유로운 몸이 된 것 같아 고인한테는 미안했지만 안도감이 내 마음에 크게 자리 잡았다.

형부에게는 죄송했지만 눈물이 안 나와 주위 눈치를 살피며 표정 관리 하느라 애먹었다. 지금쯤 형부도 언니한테 미안했던 마음 다 내려놓고 하늘나라에서 편안하게 계시리라. 그러면서 마음속으로 기도했다. 언니의 남은 인생은 건강하게 사시도록 형부가 도와주시라고.

지금 생각해보면 예전에 아버지가 돌아가셨을 때 나에게는 억장이 무너지는 큰 슬픔이었다. 그런데 문상 온 사람들이 떠들고 웃는 모습을 보며 기본적인 매너도 모르는 사람들이라고 흉을 본 적이 있다. 내가 그런 입장이 되고 보니 가족이 아닌 다른 사람은 고인에 대한 기억이나 추억이 없으니 고인과의 이별이 가슴에 와 닿지 않았음을 알 것 같다.

　새 생명이 태어나는 것이 축복이듯이 흙으로 돌아가야만 하는 운명(運命)의 순리에도 축복해주고 신성하게 받아들여야 하지 않을까. 나이가 들어감에 따라 문상 가는 일이 더 잦아질 텐데 연기를 해서라도 표정관리에 힘써야겠다.

상처받은
믿음

'믿음은 내가 뿌린 씨앗이며,

지혜는 밭가는 가래이며,

신(身), 구(口), 의(意)의 악업을 없애는 것은 내가 밭의 잡

초를 뽑는 것이다.

정진은 나를 이끄는 소이다.

불교 경전 《잡아함경》에 나오는 구절이다.

지난 일주일 내내 마음이 무척이나 혼란스러워 깊은 명상에 잠

겨들곤 했다. 지금까지 살아오면서 내 밭에 잡초를 뽑기 위해 얼마

나 열심히 정진했는지 되물으니 게으르기 그지없었다. 평소에 누

구보다 사람을 잘 파악한다고 자부심을 가졌는데, 믿는 도끼에 발

등 찍힌 꼴이니 정신이 번쩍 든다. 한두 해도 아니고 여러 해 동안 나만 몰랐던 사실에 부끄럽고 다른 사람들이 넌지시 귀띔을 해주었는데도 내가 믿고 싶은 것만 믿었던 것 같다. 옛 속담에 "열 길 물속은 알아도 한 길 사람 속은 모른다"고 했는데, 이럴 때 쓰는 말인가 보다. 나는 그녀를 다 안다고 생각했다. 그래서 남들이 그녀의 치부를 말할 때도 오히려 남 흉보지 말라며 일침을 놓아주었다. 그러다 보니 나만 빼고 저들끼리 속닥거리다가도 내가 가면 하던 말들을 멈추고 자리들을 떴다. 나는 한 번 사람을 믿으면 끝까지 믿는다. 나중에 뒤통수를 맞고서야 손을 드니 얼마나 바보인가.

오랜 세월 동안 그녀가 내게 보여줬던 행동이나 모습들을 떠올려 보면 지금도 이해가 안 되고 믿어지지 않는다. 그녀의 평소 모습은 우아하고 품위 있고 누구보다 가정적이고 모범적인 삶을 자신 있게 살고 있어서 더욱 혼란스럽다. 난 그녀를 믿고 따르고 좋아했다. 그녀는 내게 정말 잘했다. 우린 서로 고민도 나누고 가정사도 거리낌 없이 다 이야기하는 사이였다. 좀체 내 자신의 이야기를 하지 않는 나였지만 그녀한테는 마음을 열고 있었다. 그게 다 위선이 아니고 진실이었기를 난 빌었다. 난 그녀에게 왜 진즉에 나한테 말을 안 했는지 따지자 나만은 잃고 싶지 않아서 진실을 말할 수 없었다고 한다. 나중에 알면 더 큰 상처를 받는다는 것을 몰랐느냐고 하자 끝까지 내가 모르기를 바랐다는 말만 되풀이한다.

중요한 것은 진정 나에게 진실을 말하지 않은 본인은 별반 잘못을 느끼지 못하는데, 나만 내 무능력 탓이라고 생각하니 화가 난다. 서로의 가치관 차이라고 생각했다가도 그동안 내 눈과 마음을 흐려놓은 그녀의 세치 혀에 놀아난, 그래서 갈대처럼 흔들렸던 나 자신이 용서가 안 된다. 내 자만심에 빠져 스스로가 그 안에 갇혀 지혜의 눈으로 세상을 보지 못했으니 나의 어리석음의 결과이다.

　이런 일을 내 인생에서 두 번이나 겪었다. 두 번 다 상황이 비슷했다. 또 한 번은 10년을 넘게 가족처럼 지냈던 형님이 오랫동안 나를 속였다. 그 형님의 속임은 실로 엄청났다. 사건이 터지자 처음엔 사실이 아니라며 눈물로 나에게 호소했다. 난 그 말을 믿고 진실을 캐려고 앞장섰다. 그 형님의 억울함을 풀어주고 싶었다. 그런데 점점 모든 것이 사실로 드러났다. 누군가 나에게 했던 말이 떠오른다. 그녀가 나의 아우라를 이용해서 주변인들에게 믿음을 갖게 했다는 것. 철저하게 나를 이용해 방패막이로 삼았다는 것이다. 설마, 아니기를 바란다. 그 형님은 잘못했다고 실수였다고 반성하고 있다며 또 눈물을 보이셨다. 어디까지 믿어야 할까. 진심으로 반성은 하는 것일까. 가끔은 그 형님의 뻔뻔스러운 행동에 당황하면서도 떨쳐내지 못하고 있다. 한 번 깨진 그릇은 원상복구가 안되는 것처럼 우리 관계 역시 원상회복은 쉽지 않으리라.

　사람은 살면서 누구나 거짓말을 조금씩 하고 산다. 하지만 그 거짓말이 탄로 났을 때 도덕적으로 양심을 뒤흔드는 것이 아니어야 한다. 누군들 양심적으로 자유로운 사람이 있을까마는 최소한 남의 손가락질을 받는 행실은 아니어야 하지 않을까. 일반적인 상식을 벗어나는 행동은 용서받기 힘들다. 믿음이 남긴 상처는 시간이 흐를수록 골이 더 깊어갔다. 사람 사귐이 두렵고 진실과 거짓이 판단이 서지 않는다. 그들이 내게 물질적인 피해를 준 것은 아니지만 정신적인 피해는 말로 표현할 수 없다. 진정성을 갖고 인간관계를 유지할 수 없게 만든 죄는 물질적 손해와는 차원이 다르다. 그건 촉촉한 가슴을 메마르게 하고 의심을 품게 만들며 끊임없이 번뇌에 시달리게 한다.

예부터 평생 진정한 벗 한 사람 갖는 것은 복 받은 일이라고 한다. 진정한 벗은 그 마음속에 들어갈 수도 있고, 내 마음속에 들어올 수도 있다. 그러한 벗을 만나는 일은 일생에 한 번 올까 말까 한다고 하니 참다운 벗을 만난다는 것은 그만큼 어려운 일이다.

일이 벌어지기 전에 주변에서 귀띔을 해주었을 때 귀담아 들었다면 상처도 적게 받았으리라. 사람을 제대로 보지 못한 나의 흠이다. 예전처럼 관계를 회복하기는 어렵겠지만 겨울이 다 가기 전에 마음으로부터 용서하고 자유로워지고 싶다.

사람은 저마다 자기만의 독특한 색깔을 지니고 있다. 인생을 설
계하는 데도 가지고 있는 색깔로 어떻게 변화를 주는가에 따라 다
양한 작품을 만들 수 있지만, 기본적인 색깔은 변하지 않는 것 같
다. 삶을 영위하는 동안 우린 수없이 많은 사람들과 만나고 헤어짐
을 반복하며 생을 마치는 그 순간까지 만남과 이별은 끊임없이 이
어진다. 그 과정에서 희로애락이 교직되며 각각의 색깔들이 어우
러져 삶의 향방을 좌우하기도 한다. 때론 상처 받고, 상처 주고 그
리고 반성하며, 성숙해가는 것이 삶이고 인생일 것이다. 마지막 순
간, 자신이 걸어온 길을 뒤돌아봤을 때 후회 없는 삶이 그리 흔할
까마는, 그래도 함께하는 사람들을 보듬고 어루만져주려고 노력하
며 살았다고 회억된다면 이 세상에 왔다가는 보람이 느껴지지 않

을까.

지난 역사를 되돌아봐도 그렇고, 개인의 삶을 들여다봐도 불협화음의 사고와 가치관들이 서로 충돌하며, 평소에는 잔잔한 호수와 같았다가도 사적 욕망 앞에서는 강한 비바람을 몰고와 삽시간에 삼켜버리는 무서운 파도와 같이 돌변하기도 한다. 노선이 같을 때는 간이라도 빼줄 것처럼 온갖 감언이설로 사람을 녹여놓다가, 그 노선이 조금이라도 비켜가면 언제 그랬냐는 듯이 야수로 변하여 음해한다. 자신의 비굴한 삶을 색깔이 다르다며 포장하고 합리화하려 한다.

우리가 흔히 하는 말로 사상이 다르다, 가치관이 다르다, 색깔이 다르다는 이유로 무수한 사람들이 상처받고 신음하기도 한다. 사상과 이념이 다르다 하여 총칼을 함부로 휘둘러 많은 사람들이 영문도 모른 채 억울한 희생양이 되었다. 자신과 의견이 맞지 않아 반대편에 서면 색깔이 다르다 하여 가차 없이 권력을 오남용하여 누명을 씌우고 억울한 희생자를 만들어놓는 모습들을 종종 보아왔다. 그런가 하면 이미 획득한 그 알량한 기득권을 잃어버릴까봐 방관만 하고 있는 부류의 사람들은 스스로 약자임을 인정하는 것은 아닐지.

서양의 우화에 나오는 사자 이야기가 생각난다. 소와 염소와 양과 사자가 한곳에서 살고 있었다. 그들은 한데 힘을 뭉쳐 잘 살자고 약속했다. 어느 날 염소가 놓아둔 덫에 사슴 한 마리가 걸려들었다. 염소는 좋아서 모두를 불렀다. 사자는 그것을 네 토막으로 나누고 가장 좋은 것을 가지면서 말했다.

"나는 짐승 중에서 왕이고, 몸도 크고 하니 이것을 갖는 것은 당연한 일이다. 다음 둘째 것 역시 내가 가져야 한다. 나는 너희보다 힘이 세니까. 그리고 셋째 번의 것도 내가 가져야 한다. 나는 항상 싸워야 하기 때문이다. 이제 마지막 한 토막을 누구든 손을 대면 그놈의 목덜미를 당장 물어뜯어버릴 테다."

강자들의 논리는 항상 이런 식으로 합리화되는 경우가 많다.

불의의 일에 대하여 대다수의 사람들은 혹시라도 연루되어 불똥이 튈까봐 무관심한 척 흘려보낸다. 옳고 곧은 성격을 가지면 맑은 물에는 고기가 살지 않는다며 그 또한 색깔이 다르다는 것으로 치부한다. 일부는 손익 계산을 따져 조금이라도 손해를 볼라치면 강력한 방어망을 구축하여 감히 누구도 쳐들어오지 못하도록 자기만의 견고한 성벽을 쌓는다. 그중에서도 상처를 많이 받는 부류는 원칙과 정도를 걷다가 교활한 사람이 살그머니 다가와 쳐놓은 그물에 꼼짝없이 걸려들고 마는 사람들이다. 그나마 조금이라도 선성(善性)이 있는 인간이라면 한순간 모두의 눈을 속일 수 있어도 양심이란 존재는 속이지 못하여 약간이나마 고통스러워하고 괴로워할 것이다.

가장 무서운 사람은 대책 없는 안면 몰수형의 뻔뻔하고 이기적인 사람들이다. 본인의 감정과 이익에만 치우쳐 편 가르기 일쑤고 없는 말 만들어내는 데도 선수다. 면전에서는 안 그런 척하다 뒤에 가서 남 헐뜯는 데 앞장선다. 뜻이 다르면 적이라고 치부해 배제하려 들고 누군가를 미워하면 끝까지 물고 늘어진다. 더욱 안타까운 것은 본인이 느끼지도 못할뿐더러 옳고 그름의 판단력이 없어 대책이 안 서는 사람들이다.

또 힘 있는 자의 옆에서 호가호위(狐假虎威)하는 사람을 보면 불쌍하다 못해 역겹기 그지없다. 분수를 모르고 날뛰는 꼴이 본인만 모르지 지각 있는 사람은 다 알고 있다. 그것도 모르고 자신의 권력이라 생각하여 그마저 빼앗길까봐 전전긍긍하고 상대를 아무 이유 없이 미리 견제하는 것을 보면 그만큼 자신이 없다는 것을 스스로 노출하는 꼴이다. 본인만 자신 있고 떳떳하다면 견제할 일도 호가호위할 행위도 필요치 않다. 특히 중요한 단체에서는 이런 사람에게 너무 많은 힘을 실어줌으로 인하여 화합을 이루는 데 큰 장애로 작용하기도 한다. 반면에 겉으로는 중립을 지키고 도량이 넓은 것처럼 행세하다가 나중에는 이솝 우화에 나오는 박쥐 같은 색깔을 드러내는 유형도 있다. 박쥐는 들짐승과 날짐승 사이에서 판세가 유리한 쪽에 가서 붙는다. 이쪽저쪽으로 왔다 갔다 하다가 세상이 조용해지자 비겁하다고 양쪽 모두에게서 따돌림당한다. 자신의 색깔도 없이 상황이 변화함에 따라 유리한 편에 동조하는 아주 약삭빠른 사람들이 이런 유형이다. 시기하고 질투하는 경쟁자는 멀리 있는 것이 아니라 평소에 친하고 가깝게 지내는 사람들 가운데 있다. 믿고 있다가 방심하고 속내를 풀어놓아 당하는 경우를 많이 보았다.

얼마 전, 몇 년 동안 다니던 모임에서 일이 좀 생겼다. 나로 인해서 생긴 것은 아니지만 어찌 됐든 모임 성격상 모두가 관여하고 돌아보아야 할 상황이었다. 모두들 다정하고 평온하던 때에는 의식하지 못했지만 일이 생기니 한 사람 한 사람 나름의 색깔들이 나타났다. 수 년 동안 친분 관계 때문에 몰랐던 색깔들이 갈등이 발생하자, 가식 속에 숨어 있던 내면의 모습들이 하나씩 껍질을 벗고 보이지 않던 색깔들이 드러났다. 그때 인간관계와 삶 그 자체에 대한 근본적인 회의가 물밀듯 밀려왔다. 그리 길지도 그리 짧지도 않은 나의 삶 속에서 몇 번의 시행착오를 겪은 뒤 다소나마 깨달은 것이 있다. 사회생활에 있어서 인간관계를 피할 수 없는 일. 인간관계에서 중요한 것은 불가근불가원(不可近不可遠)의 처세인 것 같다.

가까이 하고 싶은 사람만 만나며 살아가기에도 시간이 부족하고 헤어질 때 늘 아쉬움이 남는 것을, 종종 성가신 타자와의 관계에 내 삶의 에너지를 낭비하고 싶지 않다. 이처럼 소아병적 생각이 들 때마다 나름대로 밉지 않다고 생각하던 나의 색깔이 보기 흉하게 탈색되어가는 것 같아 슬프다. 내가 만드는 인연만큼 그 인연 따라 발생하는 애증의 교차가, 이제는 새로운 만남을 주저하게 하고 조심스럽게 만든다. 잠시라도 머무는 인연의 자리가 아름답고 소중한 것이라면 더 이상 무엇을 바라겠는가. 사람이 살아가며 어떤 색깔로 자신을 예쁘게 꾸밀까 하는 판단은 상황에 따라 조금씩 다를 수 있겠지만, 기본적으로 떳떳하고 순수하며 타인을 배려하는 색깔의 '작품'이 되어야 하지 않을까.

이 가을, 산과 들의 아름답게 단풍든 초목처럼 그러한 색깔의 작품으로 모두에게 다가갈 수 있게 되기를 스스로에게 빌어본다.

보석을 찾는 마음

제3장

자연의
소리

풋풋한 새싹들이 겨우내 얼어 죽지 않고 살아 있음을 확인하려
고 싹을 틔우고 있다. 출근길에 아파트 정원과 길가에서 어린 새싹
들이 쑥쑥 고개를 들고 나온 모습을 보니 또 봄이 시작되고 있구
나! 말해준다. 지난주 산에 갔을 때도 나뭇가지마다 여린 새순이
움트고 있었다. 손끝으로 톡하고 건드리기만 해도 곧 터질 듯 돋아
난 새싹들은 만지고 싶은 욕구를 부추긴다. 하지만 상처 입을까봐
눈으로만 만족하고 산을 오른다. 눈으로 보는 즐거움도 새순들이
있기에 가능하다.

전원생활을 꿈꾸면서도 직장 때문에 쉽게 도시를 탈출하지 못
한다. 집을 지으려고 택지를 사놓고 십 년이 넘게 짓지 못하고 묵
혀두고 있다. 어릴 때부터 단독 주택에서 오랜 세월 살아서 그런지

아파트가 체질적으로 잘 맞지 않는다. 뭐랄까. 답답하고 구속된 것 같고 인간미가 없다. 아침에 출근하여 밤 10시가 넘어서 들어가는 집은 그야말로 베드 하우스나 다름없다. 그렇다 보니 차선책으로 선택한 것이 주변 환경이었다. 용인으로 이사 오기 전에도 주변 환경을 보고 아파트 분양을 신청했었다.

시흥 연성 지구와 장곡지구. 그때도 탁한 공기와 매연에 찌든 도시, 소음으로 인한 공해를 탈출하여 한가롭게 살고 싶다는 마음 하나로 앞 뒤 생각 없이 불편한 것이 한두 가지가 아니었지만 선택했다. 병원, 은행은 물론 편의시설도 턱없이 부족했고 교육 여건도 타 지역보다 뒤떨어지지만 그 모든 것을 감수할 수 있었던 것은 주변 환경이 가져다주는 자연의 풍요로움이었다.

아파트를 끼고 야트막한 산들이 병풍처럼 빙 둘러 즐비하고 휴식 공간으로 만들어 놓은 공원과 놀이터도 다른 지역에 비해 많았다. 그런대로 전원생활의 아쉬움에 대한 대리만족이라고 해야 할까. 아파트 베란다에서 한쪽으로는 저수지가 보이고 다른 한쪽으로는 넓게 펼쳐진 논밭이 보인다. 논길을 따라 걷노라면 백로들도 쉽게 접한다. 통나무와 야생화가 어우러진 쉼터에는 깊은 산 바위나 골짜기 냇가에서 볼 수 있는 야생화들이 많이 있어 그 또한 언제나 볼 수 있어서 기뻤다. 통나무로 만든 정자에 홀로 앉아 있으면 꽃들이 향연을 베풀어주고 바람과 구름은 나를 싣고 산 넘어 넓은 초원의 향기로 매료시킨다. 넓은 들판은 다양한 옷을 갈아입으며 세월의 오고 감을 느끼게 해준다. 그러나 그것도 잠시, 몇 년 지나자 도로를 넓히고 새로운 아파트 단지가 들어서고 주변 상가가 계속하여 늘어나더니 자연의 소리를 들을 수 없게 되었다.

용인 신도시 동백 지구. 이곳도 주변 환경이 좋아 이사를 했다. 아파트 정문을 벗어나면 곧바로 석성산과 연결되어 있다. 중간에 운동 시설이 잘 갖추어져 있고 쉬어갈 수 있는 벤치가 곳곳에 잘 정돈되어 있다. 정원이나 뒷동산이 그다지 부럽지 않다. 게다가 인공호수와 산책로, 공원들이 잘 조성되어 있어서 나만 부지런하면 사계절 언제나 달려가도 차별하지 않고 한없이 따뜻하게 품어주는 자연이 기다리고 있다. 아파트 베란다에서 보이는 탁 트인 산 정상은 아파트에서의 답답함을 그나마 보충해주고 있다.

소녀 시절 유일하게 도피할 수 있던 곳은 우리 집 앞산이었다. 중학교때 인천에서 서울 중계동으로 이사하여 이십 년을 넘게 그러니까 개발될 때까지 살았던 곳이다. 지금은 마을과 산이 없어지고 대신 성냥갑 같은 아파트만 빼곡히 들어서 있다. 이젠 추억이 그리워도 찾아갈 곳이 없어졌다. 모든 것이 사라지고 변해버려 아스라이 떠오르는 기억으로 회상할 수밖에 없다. 내 기억이 더 희미해지기 전에 글로 남겨두고 싶다.

보석을 찾는 마음

사춘기 때 나의 안식처이자 비밀의 방은 앞산의 묘지였다. 묘는 산중턱 깊숙이 자리 잡고 있었다. 묘지는 보통의 묘지보다 몇 배나 컸다. 묘 둘레가 우뚝 솟아 있어 그야말로 묘는 아늑하게 푹 파묻혀 있는 형상이다. 누구의 묘인지 알 턱이 없지만 자손들이 벌초는 열심히 하였던가 보다. 그러니까 묘지 주변이 언제나 깔끔하고 잔디가 그렇게 풍성하였으리라. 묘 앞의 잔디는 푹신하여 무섭다는 생각은 전혀 들지 않고 틈만 나면 잔디 위에 누워 하늘을 벗 삼아 놀았다. 나는 혼자서 잘 놀고 혼자 있는 것을 좋아했다. 산들바람에 몸을 맡긴 채 푹신한 잔디에 누워 시간 가는 줄 모르고 몽상에 잠기곤 했다. 돌아가신 분은 전생에 나와 무슨 인연인지 모르지만 내가 함께 놀아주어 심심하지는 않으시리라. 그분도 나에게 보답이라도 하시는지 따뜻하게 맞아주고 평온을 안겨주었다. 묘지는 항상 어머니 품속같이 나를 포근하게 감싸주어 편안했다. 어떤 말을 뱉어도 다 들어주고 내 편이 되어주어 시름이나 고민거리도 간단히 해결해주었다.

잔디에 누워 하늘을 올려다보면 태양과 구름이 바람과 함께 완벽한 조화를 이루어 한 폭의 멋진 정경을 만들어낸다. 내 눈은 푸른빛 하늘 속으로 빨려들어가 구름 무동을 타고 신비의 마법사가 된다. 마법사가 된 나는 원하는 것을 주술을 부려 마치 신선이나 된 듯 자연의 품에 안겨 살았다. 구름을 쫓다 보면 무수히 변화하는 쪽빛 하늘에서 생의 안온함과 충만함을 느끼곤 했다. 삶을 지향하는 바는 누구나 다르겠지만 자연을 향유하며 사는 행복이 얼마나 소중한가를 체험을 통해 알고 있기에 전원생활은 나의 꿈이자 종착역이다.

보석을 찾는 마음

주말등산

토요일 저녁이면 다음 날이 일요일이라는 생각에 긴장이 풀리고 마음에 여유도 생겨 쉬고 싶어진다. 밤늦게까지 영화도 보고 비디오도 가끔 빌려다 볼 때가 있다. 매번 이루지도 못하면서 한결같이 내일은 일요일이니 실컷 늦잠을 자야지 하며 토요일 저녁을 마냥 느긋하게 보낸다.

그러나 일요일 아침 6시가 되면 그 소박한 꿈은 여지없이 깨지고 만다. 특별한 일이 없을 때는 등산을 가자고 남편이 나와 아들을 깨우기 때문이다. 일어나기 싫어 이리 뒤척 저리 뒤척 꼼지락거리면 남편은 이불을 걷어치우고 창문을 활짝 열어놓고 일장 연설을 한다. "늙어서 자식도 떠나버리고 둘이 남아 등산을 하려면 지금부터 다리 근육을 튼튼하게 해야지." 그 말을 시작으로 건강의 중요성을 강조한다. 나는 쉬고 싶어 사정을 해보지만, 남편은 한 번 게을러지면 다음엔 더 힘들어진다며 일어날 때까지 기다리고 있다. 아들은 아버지와 엄마의 신경전을 못들은 척 자고 있다가 아빠가 "정호야! 빨리 일어나." 그 말에 자동반사적으로 반응하며 마지못해 일어난다.

　나와 아들은 가기 싫어서 오늘 하루만 쉬자고 통사정을 해보지만 우리 말은 들은 척도 안 한다. 끝내는 남편 성화에 못 이겨 주말만 되면 산으로 끌려다닌다. 어떤 날은 혼자 다녀오라고 짜증을 내어도 잘 참아주고 아들과 내가 기분이 좋아질 때까지 기다렸다 같이 가곤 한다. 남편의 끈질긴 노력 때문에 게으름을 피울 수가 없다. 남편의 생활 철학은 하루 세끼 밥을 거르지 않는 것과 운동이 보약이라고 생각하는, 특히 아침운동 신봉자다. 결혼한 지 10년이 넘어도 감기 한 번 앓아 누운 적이 없고 저녁 술자리 약속이 되어 있어도 집에 와서 저녁을 꼭 챙겨먹고 나가는 사람이다. 그러니 남편은 비가 오나 눈이 오나 새벽에 일어나 산으로 운동하러 간다. 나와 아들은 그것도 일주일에 한 번 일요일만 산에 가는 것을 싫어하여 남편이 늘 못마땅해 한다. 평일에는 아들 등교와 식사 준비 때문에 채근을 하지 않지만 최소한 일주일에 한 번 일요일만큼은 운동을 해야 건강하게 살 수 있다고 꼬박꼬박 챙긴다. 그 덕분에 잔병치레 하지 않고 건강하게 사는지도 모른다. 운동이 얼마나 중요하고 필요한 것인지 알면서도 행동으로 옮기려고 하니 그때마다 적잖은 인내심이 필요하다.

어떤 날은 뾰로통해서 따라 나서지만 막상 산에 오르면 맑은 공기와 풀 향기가 좀 전의 기분을 말끔히 씻어주고 상쾌하게 해준다. 자주 보는 까치와 청설모도 만날 때마다 반갑고 땀 흘리고 내려오다 약숫물 한 잔씩 마시는 즐거움도 빼놓을 수 없다. 봄이 되면 푸른 새싹들이 앞다투어 여기저기서 삐죽삐죽 솟아나와 또 해가 바뀌었다는 것을 실감한다. 개나리 진달래 철쭉꽃을 보며 와! 봄이 왔구나! 나무와 꽃들의 생동감에 힘을 얻어 새로운 한 해를 즐겁게 시작할 수 있다.

여름은 여름대로 산을 온통 녹색으로 뒤덮어 싱그러움을 더해준다. 산책로 길의 아카시아 향기와 풀냄새 가득한 숲길이 더위마저 잊게 해준다. 얼마나 고마운 자연인가. 단풍이 들은 가을산은 다채로운 색채들로 물감을 뿌려놓은 듯 자태가 황홀하다. 그러다 추운 겨울로 접어들면 화려했던 가을산의 거무스름한 빛을 띤 황적색의 낙엽들이 편히 쉬러 자연으로 돌아간다. 겨울산은 채워놓기만 한 산을 모두 비워버리고 하얀 눈으로 깨끗이 정화해 내년에도 꽃과 나무와 새들이 채울 수 있게 공간을 만들어준다. 겨울 산행을 하다 보면 감나무에서 까치가 감을 쪼아먹는 것을 볼 때가 있다. 감나무 주인이 까치밥으로 남겨놓은 것이라고 한다. 자연은 인간만이 차지하는 것이 아니라 모든 만물이 함께 조화를 이루어 사는 것임을 보여주는 것 같아 흐뭇하다. 하얀 눈 속의 감나무에 달린 주황빛 감은 한 폭의 정물화를 보는 것 같다. 언젠가 산행을 하다 그 모습에 흠뻑 빠져 있는 나를 보고 감나무 주인이 직접 얼어 있는 홍시감을 따줘서 먹은 적이 있다. 맛이 아주 달고 입에 넣는 순간 씹을 것도 없이 녹아내렸다.

사계절이 뚜렷한 나라에서 살고 있다는 것은 아주 복 받은 일이다. 축복 받은 나라에 살면서 게으름 때문에 자연을 마음껏 누릴 수 없다면 그건 귀중한 가치를 잃어버리는 것이다. 산에 오를 때마다 느끼는 것이지만 자연은 인간에게 아무 보상도 바라지 않고 무조건적으로 베풀고 있다. 그 누구도 차별하지 않고 다 받아준다. 사람이든 동물이든 자연에 기대고 싶은 모든 만물들을 다 포용하고 감싸준다.

산은 내게 있어 추억이 아주 많다. 젊은 시절, 친구들과 산악회에 가입하여 섬만 빼놓고 유명한 산은 거의 다녔다. 때론 비(雨)와 동행하고 때론 눈(雪)과 친구하며 수많은 에피소드를 남겼다. 결혼 후에는 대부분의 주부들처럼 아이를 키우느라 마음은 있어도 갈 수가 없었다. 그러던 중 4년 전 남편의 권유로 다시 등산을 시작하게 됐다. 하지만 무릎 관절이 안 좋아져 예전처럼 가파르고 험한 산길은 갈 엄두도 못 낸다. 그리 높지 않은 산도 힘들게 오를 때

보석을 찾는 마음

는 도중에 포기하고 싶을 때가 많다. 그러면 남편은 옆에서 끊임없이 격려한다.

"조금만 더 힘내, 다 왔어."

어렵게 정상에 올라서면 힘들어서 투정부렸던 행동이 부끄럽고 곧바로 후회하게 된다. 자연은 인간을 참으로 유쾌하게 만든다. 우울한 마음도 금세 날려보내고 사람을 기분 좋게 하는 신비한 묘약을 지니고 있다. 태양 달 구름 바람 눈 비 별 안개 꽃 숲 나무 초원 바다 들판, 이름만 들어도 그것들에 감화되어 형용할 수 없는 기쁨이 가득 찬다. 내가 자연을 찾는 유일한 낙이기도 하다.

어느새 주말 등산은 우리 가족의 생활의 일부분이 되어버렸다. 이번 주말은 관악산으로 가기로 정했다. 내 삶이 허락하는 동안 주말 등산은 진행형일 것이다.

가을비와
낙엽

아침부터 날씨가 잔뜩 찌푸려 있다. 금방이라도 비가 내릴 듯 먹구름이 온통 하늘을 뒤덮고 있다. 우울해지려는 분위기가 싫어서 음악을 틀었다. 보케리니의 〈미뉴에트〉 곡이다. 부드럽고 경쾌한 음률이 따스한 봄날 넓은 초원 위에서 왈츠를 추는 모습을 연상케 하는 음악인데, 그런 음률조차도 쓸쓸하기만 한 내 마음을 달래주지 못했다. 나는 따끈한 커피 한 잔을 들고 '헤르만 헤세의 산문집'을 펴들었다.

"쓸쓸함이 내려앉는 창가에 그칠 줄 모르고 촉촉한 회색비가 내리고 있었습니다"로 시작되는 《꿈꾸는 소네트》의 글이 지금 나에게 살며시 찾아들고 있는 외로운 마음을 읽은 듯싶다. 딱히 이유도 없이 그냥 가을이라는 계절과 날씨 때문에 기분이 다운되고 있는

보석을 찾는 마음

것일까. 센티해지려는 마음을 다스리기 위해 일부러 펴든 책이 오히려 더 감상에 젖게 한다. 나는 책을 읽다 빗소리가 들려 베란다로 나갔다. 거센 바람과 함께 마지막 가을비가 겨울을 재촉하며 주룩주룩 내렸다.

'이 비가 그치고 나면 추워지겠지.'

나뭇잎이 비와 함께 뒤엉켜 우수수 거리로 쏟아져 이리저리 갈곳을 잃고 나뒹굴고 있다. 떨어지는 낙엽을 보니 우리네 삶 또한 잠깐 머물다 가는 짧은 인생이 아니던가. 갑자기 걷잡을 수 없는 외로움이 밀려든다. 이 세상 어느 것 하나 영원한 것은 없으며 그 어디에도 멈출 수 없다. 세월이 물 흐르듯 그렇게 정처 없이 떠돌다 이승에서 맺은 인연 모두 접어두고 결국 빈손으로 돌아가는 낙엽 같은 인생.

지난여름 그렇게도 푸르고 싱그러워 마음을 풍요롭게 채워주던 나뭇잎들, 가는 세월 붙잡지 못하고 가을을 맞이하여 노랗고 붉게 변해가더니 어느새 겨울의 문턱에 자리를 내주고 거리에 나뒹굴고 있다. 나는 비가 그치기를 기다리며 얼마 동안을 그렇게 베란다 창문 앞에 서 있었다. 은행잎이 한꺼번에 떨어져 아파트 단지 안의 아스팔트길을 이내 노랗게 물들여놓았다. 그 길을 걷고 싶은 충동에 비가 그치자마자 웃옷을 걸치고 밖으로 나왔다. 낙엽을 밟고 싶은 마음에서였다. 그런 소박한 내 꿈이 경비아저씨들에겐 번거로움에 지나지 않았다. 여기저기서 아저씨들이 비를 들고 낙엽을 쓸고 있다. 어떤 아저씨는 막대기로 나뭇가지를 흔들어 잎이 다 떨어지기를 바라고 있었다. 청소의 수고를 덜기 위함이다. 노란 은행잎에 취하여 추억 속으로 빠져보고 싶었는데 잎이 떨어지기가 무섭게 모두 쓰레기통으로 들어가는 것을 보니 안타깝고 아쉬웠다. 마음 같아서는 하루만이라도 아니 몇 시간이라도 쓸지 말아달라고 말하고 싶었다. 그 순간 내가 사치스러운 마음을 가진 것일까.

이왕 밖으로 나온 길인지라 늦가을의 정취를 즐기고 싶어 낙엽을 뒤로하고 가사미산으로 발걸음을 옮겼다. 약수터쯤 오니 다시 빗방울이 떨어지기 시작했다. 집에서 나올 때 비가 그쳐 있었기 때문에 미처 우산을 챙기지 못했다. 다행히 보슬보슬 내리는 비라 그냥 맞고 산을 한 바퀴 돌았다. 한적한 산길을 비를 맞고 걷고 있노라니 지난날이 새삼 그리워진다. 나는 어릴 적부터 유난히 비를 좋아했다. 비가 오면 어머니께 혼나면서도 몰래 밖에 나가 비를 흠뻑 맞곤 했다. 처음엔 옷이 젖을까봐 조금씩 맞다가 옷이 젖고 나면 에라 모르겠다, 그대로 비를 실컷 맞았다. 비를 맞고 나면 쌓였던 울분과 답답했던 마음이 시원하게 뻥 뚫리곤 했다.

성인이 되어서도 비를 좋아하는 마음은 변함이 없었다. 친구들은 비 오는 날 외출하기 싫다고 하지만 나는 비가 오면 나가고 싶은 충동을 억제하기 힘들다. 오히려 평소보다 깨끗하고 조금은 화려한 옷차림으로 예쁜 우산을 받쳐들고 나들이를 시작한다. 없던 약속도 일부러 만들고 분위기 좋은 찻집에서 몇 잔씩 커피를 시킬 때도 있다. 거리의 쇼윈도에서 아이쇼핑을 하기도 하고 영화를 보기도 했다. 비는 영화에서 낭만적이고 멋있는 장면을 연출한다. 때론 비참하고 음울하고 무서움을 한층 업시킬 때 비오는 장면을 연출하기도 하지만, 내겐 언제나 아름답고 기분을 센티멘털하게 해주는 장면만 기억에 남는다.

〈사랑은 비를 타고(singing in the rain)〉에서 주인공인 진 켈리가 레인코트를 걸치고 우산을 받쳐들며 주제곡을 부르는 장면은 사랑의 충만함으로 가득 찬 기쁨을 맛볼 수 있다. 〈메디슨 카운티의 다리〉에서 주인공인 평범한 가정주부와 자유분방한 사진작가는 우연한 만남으로 시작해 짧은 시간에 사랑의 눈을 뜨게 된다. 그러나 주인공은 끝내 가정을 버리지 못해 사랑은 이루어지지 않고 평생 가슴속에 추억으로 묻어둔다. 마지막 이별 장면에서 클린트 이스트우드가 메릴 스트립과 같이 떠나기를 바라며 기다리는데 비가 억수같이 쏟아붓는다. 비는 두 사람의 이별의 아픔을 찡하게 보여주는 매개로서의 역할을 톡톡히 해내고 있다.

이루어지지 않는 사랑은 보는 이의 가슴을 아프게 하지만 더 감동적이고 아름답다. 소중한 것은 갖게 되는 순간 가치를 잃어버리기 때문인가. 이처럼 비는 낭만적이고 쓸쓸함이며 연인들의 친구가 되어준다. 나는 멋진 상상 속에서 아름다운 이별을 꿈꾸며 영화의 주인공이 된 듯 환상 속에 빠지게도 한다.

가을비는 낙엽과 함께 이별을 노래하고 새로운 만남을 기약한다.

보석을 찾는 마음

봄바람

동면에 들어간 곤충과 동물들이 꿈틀거리기 시작한다는 경칩도 지났건만, 여전히 봄바람은 매섭고 혹독하여 옷깃을 여미게 만든다. 베란다 창문을 통해 비치는 따뜻한 햇살의 유혹으로 얇은 옷차림을 하고 집을 나섰다가는 찬바람 때문에 추위에 떨다 들어오기 십상이다.

봄바람은 입춘을 지나서 그해 처음으로 불어오는 강한 남풍을 말한다. 일 년 중 바람이 가장 많이 부는 것도 봄이고 일기 변화가 심한 것도 봄이라고 한다. 봄을 여자의 계절로 표현한 것은 어쩌면 남자들이 시샘 많고 변덕을 자주 부리는 여자들의 심리를 대변했던 것은 아닐까. 봄바람에 며느리 내보내고 가을바람에 딸을 내보낸다는 속설이 있는 것을 보면 사실 여자들에게도 봄바람은 그리

반가운 손님은 아닐 수도 있다.

봄바람은 꽃샘추위를 위장하여 온화한 미소를 머금으며 싱그러운 풀냄새와 꽃향기를 살랑살랑 코끝에 전달해주다가도, 언제 그랬냐는 듯이 매서운 칼바람을 몰고와 느긋해진 우리에게 본색을 드러내곤 한다. 그뿐이 아니다. 꽃가루와 황사를 동반한 뿌연 하늘 그리고 잦은 안개 등, 날씨 변화가 잦다 보니 알레르기 체질인 환자들과 나처럼 심한 안구건조증을 앓고 있는 사람에게 봄바람은 치명적이라 할 수 있다. 그런 바람 때문인지 나는 사계절 중 봄을 제일 싫어한다.

봄이 되면 바람 때문에 눈을 뜨기 힘들어 외출을 자제하게 된다. 부득이 외출할 일이 생기면 안약과 손수건 선글라스를 항상 챙겨야 한다. 그러고도 수시로 안약을 넣어야 하는 불편은 여간 성가신 일이 아니다.

어느 해 봄이었던가. 평소에 친분이 있는 분한테 저녁 초대를 받았다. 장소가 유명한 호텔 뷔페식당이다 보니 옷차림에 신경을 써야 했다. 옷장에 있는 옷을 몽땅 꺼내놓고 입을 만한 것을 찾아도 마음에 내키는 옷이 없었다. 그렇다고 두꺼운 겨울옷을 입고 갈 수도 없고 한참을 망설인 끝에 좀 이른 감이 있지만 하얀색 투피스를 골랐다. 나는 외출 준비에 정신을 쏟느라 그날의 날씨가 어떠한지는 궁금해하지도 않았고 알고 싶지도 않았다. 외출 준비를 다 끝내고 얇은 투피스가 신경은 쓰였지만 봄이니까 이 정도는 입어줘야지, 스스로에게 위안을 보내며 집을 나섰다.

남편과 동행이 아니다 보니 그때는 운전을 할 줄 몰라 대중교통을 이용하였다. 집을 나서는 순간 바람이 불고 잔뜩 흐려 있는 하늘에서 무언가가 쏟아질 것 같은 예감이 들었다. 하지만 봄 날씨는 그러다가도 햇빛이 쨍하고 나타나기도 하여 그럴 거라고 기대를 하며 전철역으로 향했다. 전철역에 도착하니 내 바람과는 달리 날씨가 갑자기 심술을 부렸다. 꽃샘바람은 눈보라까지 동원하여 세차게 몰아쳤다. 당시 전철역은 2층이었는데 생긴 지 얼마 되지 않아 허허벌판이나 다름없었다. 지붕이 없어 비나 눈도 맞아야 하며 바람이 불어도 고스란히 온몸으로 막아내야 할 판이었다. 눈보라가 어찌나 매섭게 몰아치든지 이빨이 달그락 달그락 맞부딪치고 추위는 뼛속까지 얼어붙어 눈물이 날 정도였다. 다시 집으로 가서 옷을 갈아입고 싶었지만 약속 시간이 빠듯하여 그럴 수도 없었다. 얇은 투피스를 입고 나온 것을 후회하였지만 이미 늦었다.

호텔에 도착하니 호텔 안이 따뜻하여 움츠렸던 몸과 마음이 조금씩 풀어지면서 안정을 되찾았다. 그것도 잠시, 눈이 뻑뻑하여 핸드백 안에서 안약을 찾으니 아뿔싸! 급하게 서둘러 나오면서 그만 안약 챙기는 것을 잊어버렸다. 시간이 흐르자 눈이 점점 뻑뻑하여 따갑고 아팠다. 다급한 대로 웨이터에게 뜨거운 물을 부탁하여 김을 눈에 계속하여 쐬면서 식사를 하는데 음식이 무슨 맛인지 어디로 들어가는지 모르고 먹었다. 눈이 아프니까 대화에 집중도 안 되고 머리도 아프고 온몸이 아파왔다. 상대방의 말을 거의 귓전으로 흘려들었던 것 같다. 집에 돌아온 나는 그날 붙들린 몸살감기로 한 달 이상을 고생했다.

만물을 소생시킨다는 봄이 그 일 이후로 두려움의 대상이 되었다. 그래서 봄이 오면 여유롭게 즐기기보다는 빨리 지나가 여름이 오기를 고대하는 버릇이 생겼다.

하지만 봄바람에게도 본연의 임무가 있다. 바람은 겨우내 침묵하고 있는 모든 생물들을 찾아다니면서 새로운 한 해를 시작하라고 깨우는 것이다. 바람의 풍매작용을 통해 식물들의 암술과 수술이 만나게 된다. 벌과 나비, 새, 박쥐, 파리, 개미 등이 꽃가루를 옮기는 작업을 하지만 민들레, 소나무, 단풍나무, 버드나무, 참억새 등은 꽃이 아름답지 않아 달콤한 꿀을 만들어내지 못한다. 그래서 곤충이나 새가 찾아오지 않아 바람이 대신 인연을 맺어준다. 이처럼 봄바람도 자연의 섭리이겠지만 잦은 변화의 날씨는 반가울 수만은 없으렷다.

보석을 찾는 마음

법정스님의
입적을 기리며

맑고 향기로운 삶을 살다 가신 스님의 발자취를 다시금 새겨보려 한다. 철저하게 무소유의 삶을 몸소 실천하셨고, 간단하고 소박함을 늘 가지고 살아가기를 바라셨던 고인의 유언에 따라 다비식도 아주 소박하고 간소하게 치러졌다. 비록 스님의 육신은 우리 곁을 떠나셨지만 스님께서 남기신 주옥같은 글들은 삶의 자양분이 되고 인생을 살아가는 데 있어 지혜의 밭이 되어준다. 빈손으로 왔다 빈손으로 가는 게 인생이라지만 무소유의 삶을 실천하기까지 자신의 내면의 절제된 행동이 뒤따라야 함을 깨우쳐준다. 특히 자연에 관심이 많았던 삶은 자연의 이치에 어긋나는 행동을 삼가기를 우리에게 환기시켜 주신다. 즉 자연을 스승으로 알고 작은 것과 적은 것에 만족할 줄 아는 삶을 살기 위해선 자연의 질서를 거슬리는 행동을 삼가기를 거듭 말하고 있다. 스님은 우리에게 단순하게 살기를 원하셨다. 홀로 있으면서 침묵 속에서 자신의 존재의 의미를 찾고, 현재 내 몫을 다하고 있는지 끊임없이 묻고 물어 자신의 길을 찾아 홀로서기를 바라셨던 것이다.

영혼이 자유로워지려면 무엇인가에 집착하지 말고 최소한의 것만 소유하고 크게 버림으로써 그 어느 것에도 얽매이지 않아야 진정한 자유인이 되는 길임을 말해주신다. 그저 간소하게, 적은 것에 만족할 줄 알아야 행복해질 수 있다는 진리는 곧 그것이 마음의 평화를 잃지 않을 수 있음을 말해준다. 그러므로 진정한 자유는 내적 절제에서 오고, 마음을 텅 비움으로써 여백이 생겨 텅 빈 충만감의 경지에 닿을 수 있지 않을까 생각해본다. 스님의 수필 중에서 마음에 드는 몇 구절을 인용해보고자 한다.

- 사람은 어디서 무슨 일에 종사하면서 어떤 방식으로 살건 간에 자기 삶 속에 꽃을 피우고 물이 흐르도록 해야 한다.(水流花開)

- 사람에게는 저마다 자기 그릇이 있다. 그릇이 차면 넘치게 마련이다. 이것은 도리요 우주질서다.(연기와 재를 보면서)

- 선의 세계에서는 평상심(平常心)을 귀하게 여긴다. 평상심이 곧 도(道)라고도 한다. 신(神)보다는 사람을, 신기한 것

보다는 평범한 일상적인 것을, 성인보다는 일 없는 사람(無事人)을 귀하게 여긴다.(패어란 무엇인가)

• 빈 방에 홀로 앉아 있으면 모든 것이 넉넉하고 충만하다. 텅 비어 있기 때문에 오히려 가득 찼을 때보다도 더 충만한 것이다.(텅 빈 충만)

• 입 다물고 귀 기울이는 습관을 익히라. 말이 많고 생각이 많으면 진리로부터 점점 멀어진다. 말과 생각이 끊어진 데서 새로운 삶이 열린다.(입 다물고 귀를 기울이라)

• 아름다움이란 무엇인가. 그것은 삶의 가장 은밀하고 향기롭고 신비로운 내면의 뜰 같은 것…… 사소하고 미미한 것들 속에 행복은 보석처럼 박혀 있다.(눈 속에 梅花 피다)

• 숲에는 질서와 휴식이, 그리고 고요와 화평이 있었다. 숲은 모든 것을 받아들인다. 안개와 구름, 달빛과 햇살을 받아들이고, 새와 짐승들에게는 깃들일 보금자리를 베풀어준다. 그리고 숲은 거부하지 않는다. 자신을 할퀴는 폭풍우까지도 마다하지 않고 너그럽게 받아들인다. 이런 것이 숲이 지니고 있는 덕인 모양이다.(숲에서 배우다)

• 귀 기울여 듣는다는 것은 침묵(沈默)을 익힌다는 말이기도 하다. 침묵은 더 말할 것도 없이 자기 내면의 뜰.(소리 없는 소리)

- 내 개인의 삶이 눈에 보이지 않는 많은 이웃들과 맺어져 있음을 상기할 때 나 하나의 존재는 결코 시시한 것일 수 없다. (이 한 권의 책을)

- 나무들은 자기의 특성을 뿜어내면서 울창하고 싱싱한 숲을 이루고 있다. 꽃들은 저마다 자기 빛깔과 향기와 모양을 내면서 아름다운 화단을 이루고 있다. 결코 닮으려고 하지 않는다. 닮으려고 하면 이내 시들어버리기 때문이다. (시들지 않는 꽃)

- 정면에는 그 사람의 교양이며 사회적인 지위, 혹은 영양상태와 치장과 허세로써 얼마쯤은 위장할 수 있지만, 후면에는 전혀 그런 장치가 가설될 만한 오관(伍官)이 없다…… 사람은 이 뒷모습이 아름다워야 한다…… 앞모습은 허상이고 뒷모습이야말로 실상이기 때문이다. (뒷모습)

- 사람이 사람답게 살려면 일을 할 줄을 알아야 하듯이 쉬고 놀 줄도 알아야 한다…… 제대로 쉬려면…… 피곤한 문명의 울타리에서 벗어나…… 청청(靑靑)한 자연의 품에 안겨보라. 마음을 텅 비우고 바람소리에 귀를 기울여보고 꽃향기도 맡아보고 흘러가는 구름에 눈을 맞추어보라. 맨발로 부드러운 밭 흙을 감촉해보고…… 아무 생각 없이 새소리나 시냇물소리에 귀를 모으고 숲길을 거닐어보고 바닷가

보석을 찾는 마음

모래톱에서 조개껍질이라도 주워보자…… 이렇게 하는 동안 시들었던 인간의 뜰이 조금씩 소생되고…… 잔잔한 평화와 창조적인 의욕이 꿈틀거리게 될 것이다.(읽을 줄도 알아야 한다)

• 머리로는 알았을지라도 실천이 따르지 않으면 공허한 관념에 지나지 않는다. 사물의 이치는 일시에 이해할 수 있지만 행동은 반복된 훈련을 통해서만 몸에 밸 수 있다.(봄이 흐르고 꽃이 피더라)

스님께서 남기신 잠언의 화두는 세상을 아름답게 바라보고 비본질적인 것에서 벗어나기, 이웃에게 나눠주기, 크게 버리기, 비우기, 최소한의 필요한 것만 가지기, 간단하게 살기, 열린 마음 가지기, 자연을 스승으로 알고 사랑하기, 일상생활에서 평상심을 가지고 끊임없이 자신의 내면을 들여다보기, 무엇보다 실천하는 삶이 뒤따라야 한다는 것이다.

좋은 글이란 사람의 마음을 움직이고 가슴을 울렁이게 한다.

희망이란

열어둔 베란다 창으로 바람이 스친다. 사각거리는 나뭇잎 소리가 깊어가는 가을밤에 운치를 더해준다. TV에서는 9시 뉴스를 보도하고 있고, 나는 뉴스를 보며 아이의 운동화를 꿰매고 있다. 밑바닥은 멀쩡해서 아직 신을 만한데 찍찍이 있는 부분이 떨어져 그냥 버리기가 아까워서다.

때마침 TV에서는 강남에 명품바람이 불고 유명메이커를 선호하는 쇼핑 실태를 보도하고 있다. 3천만 원이 넘는 핸드백이 주문이 밀려 있고 심지어 색깔별로 몇 개씩 가지고 있는 사람도 있다니, 믿기지 않을 뿐 아니라 그래도 되는지 은근히 샘도 나고 화도난다. 몇백만 원하는 옷과 구두들도 물건이 없어서 못 판다는 소식을 접하자 갑자기 서글퍼지고 삶에 회의가 밀려온다. 극소수의 특수층에 해당하는 이야기이겠지만 그들의 사치와 허영에 들뜬 행동이라고 치부하기에는 조금은 씁쓸한 기분마저 든다. 한 푼 두 푼 아끼며 검소하게 열심히 살아가는 서민들에게는 꿈같은 이야기에 불과하다. 차라리 모르고 살았더라면 마음의 공허함을 느끼지는 않았을 텐데.

자본주의 사회에서 자기가 자기 돈을 쓴다곤 하지만 상대적으로 대다수의 사람들에게 위화감을 조성하고 삶의 보람을 없어지게 하고 희망을 깨트리는 행위들이다. 불로소득이 아닌 정말로 자신이 고생해서 깨끗하게 벌어서 쓰고 있는지도 궁금하다. 이 세상은 이웃과 더불어 살아가는 사회이니만큼 각자 자기 행동에 책임이 따른다. 솔선수범하여 타의 모범이 될 수 있다면 아름다운 사회가 될 텐데. IMF도 끝나지 않고 나라 경제가 어렵다며 연일 신문, 방송에서 보도를 하고 있고 실제로 피부로 느끼며 살아가고 있는 현실이다.

오랜만에 흐뭇하게 해주는 기사가 신문에 실렸다. ASEM(Asia-Europe Meeting 아시아-유럽 정상 회의)에 참석한 각국 정상과 부인들의 검소하고 소박한 모습들이 희망을 품게 한다. 필란드 할로넨 대통령은 직접 다리미를 가져다 손수 옷을 다려 입고 머리손질도 본인 손으로 직접 만진다고 한다. 스웨덴 총리부인 아니카 여사도 남편의 옷을 호텔 세탁부에 맡기지 않고 다리미를 빌려다 직접 다렸다고 하며, 다른 총리부인들도 빨랫감을 남의 힘을 빌리지 않고 손수 해결했다는 얘기는 훈훈한 미담으로 귀감이 될 만하다. 대통령과 부인들의 몸에 밴 습관들은 하루아침에 이루어진 것이 아니라 오랜 세월 동안 실천하는 행동에서 나오는 것이 아닐는지. 그들의 건전한 사고와 성실한 삶의 태도가 더욱 그 자리를 빛내고 훌륭하게 보여 무한한 존경심이 생기고 절로 고개가 숙여진다. ASEM에 참석한 대통령과 부인들의 꾸밈없는 수수한 모습을 접하면서 희망을 가져본다. 아직도 주위에는 절약하고 아끼며 건실하게 살아가는 사람들이 절대다수이고, 남을 위해 봉사하는 이웃이 많이 있기에 삶의 용기도 되어준다. 검소한 생활이 몸에 배어 있는 그들을 보며 나의 유년 시절의 기억을 되새겨본다.

초등학교 3학년, 하루는 인천 송림동에서 살 때의 일이다. 아버지 자전거를 타고 인천자유공원으로 놀러간 적이 있었다. 나는 자전거 뒤에 앉아 울퉁불퉁한 거리를 달릴 때 자전거가 덜거덕거리며 엉덩이가 탁탁 부딪쳐 굉장히 아팠다. 하지만 아버지 허리를 꼭 껴안고 달릴 때는 아버지의 체온이 나를 포근히 감싸 안아주어 아픔도 참을 수 있었다. 칠남매 중 유일하게 아버지 사랑을 독차지할 수 있어서 행복했고, 생김새나 성격까지 아버지를 빼닮아서 아버지의 딸인 것이 자랑스러웠다. 공원에 도착한 아버지와 나는 여기저기 기웃거리기만 했다. 그때 아버지 주머니에는 돈이 한 푼도 없

보석을 찾는 마음

었다.

"저 놀이 기구 타고 싶지?"

"아니요, 무서워서 타기 싫어요."

아버지에게 돈이 없는 것을 알고 있기에 타고 싶은 마음을 감출 수밖에 없었다. 아버지는 대신 무등을 태워주시며 "하늘이 가까워 보이지" 하셨다. 그랬었다. 그때의 청명한 가을 하늘은 맑고 투명하여 잊을 수 없다. 흰 구름이 엷게 퍼지면서 그 사이로 푸른 하늘이 고개를 쑥 내밀며 반기었다. 푸른 하늘빛은 아버지의 맑고 고운 영혼과 닮아 있다. 아버지의 무등은 그 어떤 놀이기구보다도 훌륭한 나의 놀이터였다. 아버지는 늘 내게 '세상을 너무 챙기려 하지 말고 조금은 밑지는 듯이 살아가라' 말씀하셨고 몸소 실천하셨다.

인천에서 살다가 내가 중학교 때 서울 중계동으로 이사를 했다. 당시 내가 살던 동네는 달동네로 가난한 사람들이 많았다. 그래서 한문 공부를 많이 하신 아버지께 사람들의 발길이 끊이지 않고 이어졌다. 소송 문제부터 시작하여 아이 이름 짓기, 결혼 택일, 장례 절차문제, 심지어 편지까지 읽어달라고 찾아오는 사람들이 많았다. 그러다 보니 아버지는 동네의 크고 작은 일을 도맡아 하셨다. 그러나 아버지가 돈을 받고 일을 하신 모습은 본 적이 없다. 상대가 미안해하며 사례를 할라치면 "막걸리나 한 잔 사주게" 하며 모두 거절하셨다. 아버지는 물건 하나도 다 해지고 닳아 없어질 때까지 소중하게 다루셨으며, 적은 것에 감사한 마음을 갖고 살아가셨다. 특히 웃어른들을 공경하는 마음과 콩 한 조각도 나누어야 한다는 욕심 없는 마음은 때론 가족들을 삶에 지치게도 하였지만, 이웃을 챙기는 마음이 넉넉한 삶을 원하셨던 것이다. 아버지는 동네 노인 분들을 위해 노인정도 만들어놓으셨고 돌아가실 때까지 봉사도 많이 하셨다. 내가 지치고 힘이 들 때면 아버지는 내게 늘 마음의 고향이었다. 우리에게 재산을 남겨주지는 않으셨지만 사랑과 마음의 풍요를 안겨주셨다.

내가 꿰매준 운동화를 신고 우리 아이도 엄마의 사랑을 마음으로 느낄 수 있으리라. 진정한 사랑이 무엇인지를 깨닫고 받은 사랑만큼 이웃에게 돌려줄 수 있는 그런 아이로 키우고 싶다. 가난을 겸허한 마음으로 받아들일 줄 아는 그런 아이로 자라준다면 더 이상 바랄 게 없다. 아버지의 크신 사랑이 따뜻한 감성으로 살아가는 오늘의 나로 이어졌듯이 다음의 우리 아이에게로 이어지기를 희망한다.

내가 바라는 희망이란, 우리 아이에게 마음이 따뜻한 고향으로 남고 싶다.

보석을 찾는 마음

내 인생은
나의 것

어제 대청소와 이불 빨래를 했더니 무리를 했는지 온몸이 결리고 아팠다. 더구나 아침부터 비가 내리니 몸이 먼저 날씨를 알아보고 있다. 삭신이 찌뿌드드하고 나른한 몸은 찜질방 생각을 간절하게 하였다. 나는 아이가 학교에 등교하자마자 곧바로 찜질방으로 향했다.

간단히 샤워를 끝내고 황토 찜질방으로 들어갔다. 황토 찜질방은 여자들만 할 수 있는 여성용 목욕탕에 있다. 사우나실로 들어가니 한 여자가 한가운데서 가부좌를 틀고 눈을 감은 채 앉아 있다. 사우나실이 온통 자기 것처럼 앉아 있는 폼이 건방져 보이고 기분도 썩 내키지 않았다. 대부분의 사람들은 혼자일 때 한쪽에 앉아 있는 것이 보통이다. 동네 찜질방은 그다지 크지도 않고 자주 보는 사람들이라 예의상도 그렇게 한다. 처음 보는 여자였다. 첫 느낌도 별로였다. 새로 이사를 왔나, 그렇게 생각하며 나는 그녀와 좀 떨어져 한쪽 벽에 몸을 기댄 채 눈을 감았다. 그러다 잠시 눈을 뜨자 그녀의 눈과 마주쳤다. 난 모른 척하며 이내 고개를 돌렸다. 평소 같으면 처음 보는 사람이라도 눈인사라도 건넸을 텐데. 나도 모르게 저절로 그런 행동이 나왔다. 그런데 그녀가 갸름한 눈을 치켜뜨며 나를 흘긋 훔쳐보는데, 순간 별로 부딪치고 싶지 않다는 생각이 들었다. 그녀도 나와 같은 생각이었는지 다시 모른 척하며 눈을 감았다. 별일도 아닌데 두 사람의 보이지 않는 신경전이 한편으로 우습기도 했다. 난 속으로 이건 내 기분이 별로이기 때문일 거야, 그렇게 자위하며 아무렇지 않게 넘기려고 애썼다.

잠시 후 사람들이 하나둘씩 들어오기 시작하더니 작은 공간이 어느새 꽉 차버렸다. 그녀는 사람들이 들어와도 조금도 그 자리에서 움직이지 않았다. 사람들은 알아서 여기저기 퍼즐 맞추듯이 들어가 비좁은 공간을 메꾸었다. 묵묵부답으로 일관하게 눈을 감고 앉아 있던 그 여자가 내 옆의 여자에게 대뜸 말을 걸었다. 내 옆의 여자는 몸은 바짝 말랐는데 가슴은 그런대로 볼륨이 있었다. 그렇다고 가슴이 큰 것은 아니고 마른 몸매에 비해 그렇다는 것이다.

"댁은 남편 복은 있겠수다. 가슴이 저렇게 생기면 남자들이 좋아하지!"라고 툭 한마디 던지면서 슬그머니 주위를 살피는 것을 난 보았다. 그러자 내 옆의 여자도 기다렸다는 듯이 "아줌마는 뭘 좀 보는 사람 같아요. 다른 사람들도 그렇게 말하거든요" 하며 덩달아 묻지도 않는 자기 자랑을 늘어놓으며 그녀 곁으로 바싹 다가간다. 그 말에 신이 났는지 그녀는 이 사람 저 사람 관상을 봐주기 시작하였다. 남자들이 작은 가슴보다는 큰 가슴을 좋아한다는 것은 누구나 다 아는 상식적인 이야기에 불과하다. 그리고 불혹의 나이를 넘긴 사람들이라면 조금만 관심을 갖고 살펴보면 상대가 불행한지 행복한지 즐거운지 우울한지 근심이 있는지 대강 짐작을 할 수 있는 일이므로 대단한 것도 아니다.

얼굴에 생기가 없고 어두워 보이는 사람은 고민이 있거나 심신이 편치 않다는 것이며 일이 잘 풀리지 않는다는 것쯤이야 일반사람들 누구나 느끼는 흔한 일이다. 다만 말을 하지 않을 뿐이다. 활기차고 생생한 기운이 넘치고 기품이 있는 사람은 얼굴의 표정과 살결부터 다르다. 간혹 예상을 빗나가기도 하지만 보편적으로 그렇다는 것이다. 그래서 오십이 넘으면 살아온 인생이 고스란히 얼굴에 담겨 있다고 하는 게 아닐까. 그 여자의 말은 그런 상식에 지나지 않는 아주 사소한 말들인데 너도 나도 처음 보는 그녀에게 궁금해서 이것저것 물어본다. 얼마나 삶에 자신이 없으면 처음 보는 사람의 말 몇 마디에 자기 생각을 말하고 집안 이야기까지 줄줄 늘어놓는지, 보는 내가 답답하고 안타까웠다. 어두운 불빛 아래서 어떻게 사람의 관상을 볼 수 있다고 감히 남의 인생에 이러쿵저러쿵 논하는 것을 보고 있자니 귀에 거슬리고 불편하여 밖으로 나와버렸다.

나도 한때는 철학관을 자의든 타의든 내 집 드나들 듯이 다닌 적이 있다. 서른을 훌쩍 넘기고도 결혼을 하지 않자 어머니는 딸이 노처녀로 늙을까봐 걱정이 되셨는지 반강제적으로 점집을 데리고 다니셨다. 점집을 자주 다니다보니 사주에 흥미를 느껴 한때는 사주공부를 배우기도 했다. 결혼 후에는 일이 잘 풀리지 않아 괴로워서 철학관을 찾기도 했다. 내 자신과 싸워 이기기보다는 보이지 않는 영험한 신의 힘에 의지하려고 했던 것이다. 물에 빠진 사람이 지푸라기라도 잡는 심정으로 부적도 써보고 시키는 대로 액풀이도 해보았지만 소중한 것을 지키지 못하고 잃어버리고 난 후에야 다 부질없는 일이라는 것을 알았다. 이미 겪을 만한 고통을 다 겪고 나서야 겨우 집착에서 벗어날 수 있었다.

내 삶은 누구에 의해서가 아니라 스스로 극복하고 이겨내야 한다는 것이 진리임을 깨닫는 순간이었다. 이제 누군가 내 인생에 끼어 드는 것을 원치 않으며 그 이후로 철학관을 찾는 일은 없다. 아무것도 듣지 않고 보지 않으니 오히려 마음의 평화가 찾아왔다. 나와 상관없는 일로 괜히 흥분한 것 같아 기분이 엉망인 하루다.

보석을 찾는 마음

해마다 진달래, 철쭉이 필 때면 미국에 계시는 시누이가 올해는 잊지 말고 꼭 한번 다녀가라고 전화를 하시곤 한다. 그때마다 이런 저런 핑계를 대며 거절해야 했다. 재작년에는 시누이 내외분이 휴가를 내시어 한 달 가까이 우리 집에서 머물다 가셨다. 가실 때 시누이는 남편은 직장 때문에 시간 내기 어려우니 자네라도 아이하고 함께 들어가 휴식을 취하자고 제안을 하셨다. 남편도 다녀오라고 흔쾌히 승낙을 했지만 우리끼리 다녀오기가 미안해서 거절했다. 시누이는 남들은 일부러 관광도 오는데 자네는 어찌 그리 시간을 못 내느냐고 질책 아닌 질책을 하신다. 나는 남편이 휴가를 얻으면 함께 가겠다고 했다.

전업주부로 있을 때는 매일 매일이 휴가 같지만 가정과 가족으로부터 자유로울 수 없다. 주변에서 외국 여행을 다녀오는 친지와 친구들을 자주 접해도 왠지 나하고는 거리가 멀게만 느껴졌다. 하지만 마음속으로는 남편이 휴가를 얻으면 꼭 실천에 옮길 거라고 다짐을 했다. 생각해 보면 휴가는 사실 변명이었는지 모른다. 중요한 것은 경제력, 바로 돈이었다. 그 돈이 없어도 어떻게든 살아가겠지만 당장 써야 할 돈이 여기저기 널려 있다 보니 나를 위해서 쓰는 것은 항상 뒷전으로 밀려났다.

스물네 살 때, 친정아버지께서 간경화증으로 쓰러져 병원에 입원을 하셨다. 아버지의 병은 이미 손을 쓸 수 없을 정도로 악화되어 있었다. 간경화증 말기라는 진단은 청천벽력과도 같은 선고였다. 그때 아버지 연세는 64세, 세상을 하직하기에는 너무 이르고 아직 이별의 준비가 되어있지 못한 나는 할 수 있는 것이 아무것도 없어 그게 더 고통스러웠다. 병원에서는 길어야 3개월을 버티기 힘들 거라고 했다. 칠남매의 다섯째인 나를 아버지는 어느 자식 보다 끔찍이 사랑하고 아껴주셨다. 아버지 사랑은 언제나 나의 독차지였다. 그런 아버지께 내가 해드릴 수 있는 것은 퇴근 후 곧바로 병원으로 달려가 밤새 간호해드리는 것이 전부였다.

밤을 새우고 다음 날 어머니와 교대를 하려고 하면 아버지는 내 손을 잡으시고 회사에 가지 말라며 안타까운 시선으로 나를 붙잡곤 하셨다. 아버지의 병은 하루 이틀에 나을 병이 아니라서 그저 말로만 "회사에 휴가를 한번 내어 볼게요" 하며 차일피일 시간만 끌었다. 아버지는 그렇게 보름을 병원에 계시다 퇴원을 하셨다. 집으로 돌아오신 아버지는 어머니와 정을 떼시려고 그랬는지 어머니를 곁에 못 오게 하시고 오로지 나만 찾으셨다. 아버지 혼자서는 대소변도 처리 못 하시고 미음도 삼키기 힘들어 하셨다. 고통을 참아내시느라고 괴로워하시는 모습을 어머니 아닌 내가 지켜보는 것이 다행이다 싶기도 했다. 퇴원한 지 일주일 되던 월요일 아침이었다. 아버지는 세수를 시켜드렸는데 다시 깨끗하게 시켜달라고 하신다. 그래서 나는 세수를 다시 해드리고 양치질도 두 번씩 해드렸더니 마음에 드셨는지 엷은 미소를 띠우셨다.

출근을 서두르는 나를 보고 아버지께서는

"오늘은 내가 아주 갈 것 같은데 회사에 안 가면 안 되냐?"

"예, 알았어요. 제가 출근을 해서 인수인계만 하고 금방 돌아올게요."

나는 그 당시 경리 업무를 보고 있었기에 자금 문제와 통장과 도장을 인수해야 하므로 어쩔 수 없이 출근을 하게 되었다. 출근을 하고 얼마 되지 않아 집에서 전화가 왔다. 아버지께서 운명을 달리하셨다고 한다. 아버지는 그 몇 시간을 못 기다리시고 떠나셨다. 그렇게 빨리 떠나실 줄 알았으면 휴가라도 내어 좀 더 많은 시간을 원하시는 대로 곁에 있어 드릴 것을 두고두고 내 가슴에 회한을 남겼다. 지금도 그때를 생각하면 나의 어리석음에 아버지께 죄송하고 불효를 했다는 생각을 지울 수가 없다.

IMF가 닥치면서 남편의 하는 일이 어려워지고 결국 실직을 하였다. 새로운 일을 시작하기까지 6개월 정도 쉬게 되었을 때 시누이는 이번이 아주 좋은 기회라며 한번 다녀가라고 하셨지만, 내 발목을 붙잡는 것은 언제나 그놈의 돈이었다. 재충전하는 마음으로 모든 것을 잊어버리고 떠나고도 싶었다. 그러나 우리 가족 항공비도 만만치 않아 이리 맞춰 보고 저리 맞춰 보다 또 포기하고 말았다. 그렇다고 몇 년씩 붓던 적금을 깨고 갈 수는 없다. 망설이는 나를 보고 친정 조카는 답답해한다. 그 애 입장에서는 나를 이해하지 못 할 것이다. 조카는 다니던 직장에 남편과 사표를 내고 아이들은 친정에 맡겨놓은 채 퇴직금으로 한 달 동안 유럽 여행을 다녀왔다. 내가 바보 같은 삶을 사는 건지 내게는 그런 용기가 없다.

이제는 가게를 새로 오픈하고 연중 무휴로 가게 문을 열다 보니 휴가는 내게서 점점 멀어져 갔다. 며칠 전 시누이와 통화하면서 시누이는 내가 한 살이라도 젊었을 때 다녀가야 여기저기 구경시켜 줄 수 있다며 그놈의 휴가는 언제쯤 낼 거냐고 재촉을 하셨다. 그동안 시누이와 못 지킨 약속 때문에 솔직하게 말씀드렸다.

"당분간은 힘들 것 같아요. 어느 정도 자리가 잡히면 꼭 휴가 내어 시누님 사시는 모습 뵈러 갈게요."

그 당분간이 10년을 훌쩍 넘겨 고모부는 팔순이 넘어 치매로 요양병원에 계시고 고모(시누)도 칠순이 넘어 거동이 불편하시다. 나는 또 후회하며 바보같이 살고 있다.

음식은
과학이다

각 나라의 식생활 문화는 그 민족의 지리적인 환경, 사회적 환경, 경제적 환경에 의해 형성되고 발전되어간다. 특히 한국 음식은 다른 나라 음식에 비해 노력과 정성이 많이 필요하고 음식을 만드는 사람의 수련이 요구되며 음식을 다루는 태도와 맛을 내는 요령이 필수인 것 같다. 우리나라의 대표적인 음식 문화는 발효 식품이라고 할 수 있다. 그 으뜸에는 김치가 있고, 된장, 고추장, 간장, 청국장, 장아찌, 젓갈류, 홍어, 막걸리, 식혜 등 삭힌 음식들이 주를 이루고 저장 식품이 발달하였다. 그리고 지방마다 조리법이 조금씩 다르고 맛을 내는 방법에도 차이가 있다. 예를 들어 김치 하나만 보아도 서울 경기 지역은 무와 채소 양념들을 많이 넣는 반면에 전라도 지역은 젓갈류와 찹쌀로 풀을 쑤어 배추에 소를 넣는다기보다는 척척 바르는 편이라 하겠다. 이러한 것은 사계절이 뚜렷한 반도로서 지역마다 기후의 차이가 있고 각 지방의 산물이 다양하기 때문에 조리법 또한 그 지역의 특성에 맞게 개발되었다고 볼 수 있다.

한국 음식 조리의 특징을 살펴보면 주식과 부식이 뚜렷이 분리되어 있다. 주식으로 밥, 부식으로 반찬(국, 탕, 김치, 채소, 나물 등)을 따로 준비한다. 그리고 곡물을(죽, 국수, 떡과 같은 음식과 곡물을 가공하여 만든 엿, 술, 장, 유과, 다과 등) 이용한 조리법이 전통적으로 계승되고 있으며 또한 조미료와 향신료를 이용하여 맛의 조화를 중요시 여겼고, 음식의 간을 중요하게 생각했다. 게다가 음식을 만들 때 손으로 하는 방식이 많이 발달하여 손맛이 좋아야 음식 맛도 좋다는 말이 있을 정도이다.

한국 음식에는 긴 역사를 가진 장류, 침채류, 젓갈류 등 여러 발효 음식들이 있다. 이들 음식은 각기 독특한 맛과 기능을 가지고 있어서 한국 음식 문화의 기조 음식이 되어 부식 혹은 양념으로 이용되고 있다. 콩으로 만든 장류는 양질의 동물성 단백질을 쉽게 구할 수 없는 여건에서 중요한 단백질 급원으로 균형 잡힌 영양섭취를 가능하게 했다. 뿐만 아니라 음식에 간을 맞추고 조화된 맛을 내는 조미료로 음식의 맛을 좌우한다.

산이나 들에서 나는 나물들에는 비타민, 무기질뿐 아니라 섬유

질과 항산화 작용을 지닌 성분들이 풍부하다. 채소류의 전통적인 조리 방법은 번거롭고 시간과 노력이 많이 들지만 채소는 주식에 곁들여 먹는 부식으로서 오늘날에도 우리의 식생활에서 중요한 자리를 차지하고 있다.

한국 음식은 중국의 영향을 받아 예로부터 약식동원의 조리법이 발달하여 "밥보다 좋은 약은 없다"는 식생활에 대한 믿음을 가지고 있다. 즉 먹는 것이 바르지 못하면 병이 생기고 병이 생겨도 음식을 바르게 하면 병이 낫는다는 의식이다. 식생활을 통해 건강을 유지하려고 하였기 때문에 보양식이나 양생 음식이 발달하고, 상용하는 술과 음청류에 한약재를 첨가하는 조리 가공법이 보급되어 병의 예방과 치료에 이용할 수 있도록 했다. 음식에 약리활성이 있는 꿀, 계피, 잣, 인삼, 생강, 대추, 오미자, 구기자 등의 한약재를 함께 사용하기도 하며 약과(藥果), 약식(藥食), 약주(藥酒)와 같이 음식 이름에 약(藥)자를 붙이기도 하였다.

이와 같이 우리 민족은 식생활의 중요성을 일찍이 간파하고 약식동원이라는 철학적 개념을 실천했다고 볼 수 있다. 무엇보다 아침식사를 가볍게 하는 서구의 음식 문화와는 달리 한국인은 하루 세끼 중에서 아침식사를 가장 중요시했다. 그것은 농경 생활을 했기 때문에 육체적으로 힘든 노동을 위해서는 아침을 든든하게 먹어야 할 필요성이 있었기 때문일 것이다. 이는 현대의 영양학적 측면에서 과학적이고 합리적이다. 저녁식사와 다음 날 아침식사까지 거의 12시간 이상의 간격에서 아침식사는 그만큼 강조될 수밖에 없다.

한국의 대표적인 김치는 신선한 채소를 얻을 수 없는 겨울철에 대비하여 개발된 저장식품으로서 김치에는 많은 재료들이 들어간다. 지역마다 차이는 있지만 먼저 젓갈로는(새우젓, 멸치젓, 까나리 액젓, 황새기젓 등) 생새우, 갈치, 도미, 동태 등이 들어가기도 하고, 양념으로는 마늘, 생강, 고춧가루, 청각, 채소로는 미나리, 갓, 대파, 쪽파, 무 등 게다가 찹쌀로 풀을 쑤어 여러 가지 재료들이 어우러져 복합적인 맛을 내는 독특한 발효 음식이다. 저장 식품으로 채소와 나물들 역시 빠질 수 없다. 무시래기, 고사리, 호박나물, 취나물, 토란대, 가지, 피마자잎, 고구마 줄기 등을 바짝 말렸다가 필요할 때마다 물에 불려 삶아서 일 년 내내 먹는다.

또한 우리나라는 국물 음식이 매우 많은 편이다. 탕반 문화가 발달하여 일상적인 반상 차림에 국이 꼭 올라오며 찌개, 전골 등의 종류도 아주 다양하다. 따라서 음식을 입까지 나르는 도구로 숟가락의 사용이 보편화되었다. 유럽을 포함하여 아시아, 아랍, 아프리카 등 전 세계적으로 전통적인 식사 도구는 손가락이었다. 물기가 없거나 적은 음식은 도구를 사용하지 않고 직접 손으로 집어먹을 수 있지만 찌개나 국을 손으로 먹을 수는 없기 때문에 세계적으로 흔치 않게 숟가락이 이용된 것이다. 물기가 많은 음식은 식기류의 형태에도 영향을 미쳐 우묵한 입체성의 용기를 주로 사용하였고, 전 세계적으로 한 그릇에 여러 음식을 담아 먹는 일기다식(一器多食) 문화가 대부분인 데 비해 한 그릇에 한 음식만 담아 먹는 일기일식(一器一食) 문화를 이루게 되었다.

외국 사람들에게 가장 인기 있는 비빔밥은 각종 나물과 쇠고기 그리고 고추장이 별미이다. 비빔밥에 고추장이 빠지면 그것은 비빔밥이 아니다. 불고기 역시 외국인에게 인기 있는 음식이다. 쇠고기에 배와 사과(키위)를 갈아넣고 마늘, 생강, 파, 후추, 간장, 양파, 청주, 참기름, 깨, 설탕 등을 넣어 재워두었다가 간이 알맞게 배면 그때 요리한다. 따라서 우리나라 음식들은 시간이 많이 소요되고 정성은 기본이다. 재료와 양념이 한데 어우러져서 맛을 내는 게 우리만의 특별한 음식 문화인 것 같다.

한국의 대중 음식이라면 명절, 생일날, 결혼식, 회갑잔치 등에 빠지지 않고 등장하는 김치(배추 김치, 물김치), 전(삼색전, 동태전, 버섯전, 굴전, 야채전, 두부전 등), 불고기, 산적(재료가 쇠고기, 돼지고기), 잡채, 미역국, 된장국(찌개 포함), 생선찜, 보쌈, 나물무침(도라지, 콩나물, 시금치, 고사리) 등이 있다. 오늘날 빈번하게 즐겨먹는 음식으로는 삼겹살과 쌈, 비빔밥, 삼계탕, 닭볶음탕, 해물찜, 생선 매운탕, 설렁탕 등 그 종류를 헤아릴 수 없다.

한국의 음식은 세계적으로 과학적이라고 인정받고 있고 연구 대상으로 떠오르고 있다. 또한 다이어트에 효과적이라 할 수 있으며 건강 면에서도 탁월한 영양 기능을 골고루 가지고 있는 것이 특징이라 하겠다.

통일의
꿈

남북 여성문인 대표들이 평양에서 만나기로 약속한 날이다. 남한 대표로 나도 선발되어 평양으로 가고 있다. 비행기가 북한의 순안공항에 도착을 했다. 트랩에서 내리는 순간 많은 사람들이 마중 나와 반갑게 맞이하자 예측을 벗어난 환호에 당황스럽기도 하였다. 북한 여성들은 형형색색의 한복을 곱게 차려입고 양손에 태극기를 열렬히 흔든다. 조금은 과도한 표현과 행동들이 다소 부담스럽게 느껴지기도 했다. 나는 하늘거리는 물빛 시폰 드레스를 입고 검정색 선글라스를 끼고 챙이 넓은 모자를 썼다. 하얀 레이스 장갑을 낀 채 나를 환영하기 위해 나온 북한 문인대표들과 국민들에게 두 손을 입에 살짝 대었다 떼면서 손을 흔들어 답례 인사를 했다. 여기저기서 박수를 치고, 소녀들이 꽃다발을 들고 다가와 전달할 때 그들을 살짝 안아주었다.

나는 수행원들과 함께 벤츠를 타고 김정일 위원장이 있는 곳으로 안내되었다. 김정일 위원장을 만나 악수를 하고 가벼운 포옹도 했다.

"잘 오셨습니다. 반갑습니다."

"안녕하세요? 이렇게 만나 뵙게 되어 영광입니다. 굉장히 무서운 분일 거라고 생각했는데 그렇지 않습니다."

그 말에 주변에 있던 모든 사람들이 다 같이 웃음바다가 되었다. 인사가 끝나자 만찬장이 준비돼 있는 곳으로 수행원이 안내를 했다. 나는 북한대표 여성들과 일일이 악수를 나누며 연설을 하기 위해 마이크 앞으로 나갔다. 주위에서 수군거리는 소리가 들린다.

"남한 여성들은 정말 멋쟁이다. 영화배우야, 글 쓰는 사람이야!"

부러움과 질투를 한 몸에 받으며 연설을 하려고 하는 순간이었다.

"여보, 일어나. 아들 지각하겠어. 지금 몇 시인데 정신없이 자고 있는 거야!"

흔들어 깨우는 남편 때문에 내 꿈은 산산조각이 나버렸다.

"아니, 왜 깨워요! 지금이 어떤 순간인데, 당신이 물어내요!"

행복한 순간이 깨어지는 아쉬움에 짜증을 내며 일어났다. 남편은 무슨 영문인지 몰라 왜 그러냐고 자꾸만 물어본다. 대충 꿈 이야기를 해주니 갑자기 집 안이 떠나갈 듯 웃는다. 옆에 있던 아들도 우리 엄마는 꼭 어린애 같다는 표정을 지었다.

"엄마, 다시 주무세요. 그러면 연결해서 또 같은 꿈을 꾸어요" 한다.

아들은 꿈을 꾸다 일어나 다시 잠들면 똑같은 꿈을 꾼 적이 있다면서 엄마를 위로해준다. 남편은 나에게 지난 3일 동안 남북정상회담 모습과 소식을 TV와 신문을 통해 하나도 빠짐없이 넋을 잃고 보더니 그런 꿈을 꾼 것이라며 놀린다. 난 꿈이라도 정말 행복했다. 영원히 깨지 말았으면 좋았을걸.

김대중 대통령과 김정일 위원장 두 정상의 만남은 실로 50년 만에 이루어진 역사적이고 뜻 깊은 일이다. 두 사람이 참으로 위대해 보였고 가식이 없는 진실한 모습을 생중계로 보여줘서 더욱 믿음직스럽고 마음이 든든했다. 이대로 곧바로 통일이 된다면 얼마나 좋을까 상상해본다. 꿈이 아니라 현실이었으면 좋겠다는 생각을 지울 수 없다.

같은 민족이면서 만날 수 없고 부모 형제가 생사도 모른 채 살아가는, 지구촌에 이렇게 비극적인 민족이 또 있을까! 해방된 지 반세기가 지나가고 있지만 그 골은 점점 더 깊어만 가는 것 같아 안타깝다. 두 정상의 만남은 그래서 무엇보다 반갑고 희망의 빛이 보이는 것 같아 잔뜩 기대도 해보게 된다. 나라가 두 조각으로 갈라져 그동안 세계 여러 나라 사람들 보기가 부끄럽고 면목이 없었다. 우리가 아무리 선진국이라 떠들어대도 다른 나라들은 비웃을 것이다. 어쩌면 통일이 되는 것을 못마땅하게 생각하는 이웃 나라들도 있을 것이다. 그럴수록 우리는 아무 조건 없이 뭉쳐야 산다. 조그만 땅덩어리에 살면서 지역 감정과 남북으로 갈라져 도대체 무슨 큰일을 하겠다는 것인지 모르겠다.

21세기는 세계 모든 나라가 우리의 경쟁 상대이다. 똘똘 뭉쳐 힘을 합쳐도 강대국을 상대하기란 벅찬 일이다. 그런데도 제각각 이편저편으로 갈라져 서로 헐뜯고 비방만 하니 참으로 탄식이 절로 나온다. 이제는 조금 손해를 보더라도 정말 마음을 비우고 상대를 받아들이는 연습부터 해야 하지 않을까. 동은 서를, 서는 동을, 남은 북을, 북은 남을 넓은 가슴으로 껴안으며 동서남북 한마음 한뜻으로 세계에서 두 배의 힘을 발휘했으면 하는 나의 간절한 바람이다. 자라나는 새싹들에게 꿈과 희망을 심어주고 선조들이 겪은 비극적인 일이 다시는 되풀이 되지 않게 지금 우리 모두가 머리를 맞대고 고민하며 해결해야 하는 중요한 순간이다. 내 꿈은 이루어질 수 없는 꿈이었지만 통일의 꿈은 이루어져 세계에서 위풍당당한 모습으로 거듭나길 바란다.

제4장

즐거움을
선물한 손님

저녁 무렵, 남루한 옷차림의 남자가 매장 앞에서 서성거리고 있
다. 근데, 처음 보는 사람은 아니다. 낯이 익은 얼굴이다. 재빨리 기
억을 더듬어본다. 어디서 봤지? 분명히 두어 번 본 기억이 있는 남
자인데. 계속하여 기억해내려고 뇌의 주파수를 이리저리 돌린다.
좀체 기억이 떠오르지 않는다. 아휴, 나이 먹으면 이게 문제야! 그
놈의 건망증. 까마귀 고기를 삶아먹었나 무슨 일이든 금방 잊어버
린다. 사람 얼굴도 이름도. 그래서 나름대로 터득한 게 있다면 특
징을 찾아서 몇 번이고 곱씹어 기억에 저장하는 것이다. 또 다른
방법으로는 수시로 메모를 한다. 이것은 아마도 직업에서 오는 본
능적인 행동이다.

아! 생각이 났다. 며칠 전 비 오는 날 체크 무늬 우산을 쓰고 매

장 안을 기웃거린 남자다. 그 다음 날도 검정 비닐봉투를 들고 모자를 쓰고 힐긋 매장 안을 살피며 천천히 가는 것을 눈여겨봤다. 남자의 왼쪽 턱 밑에 흉터가 있었다. 그때는 모자를 쓰고 있어서 기억이 잘 안 났지만 턱 밑 흉터를 확실하게 보아두었다. 나는 윈도우 앞으로 가서 유리창을 닦는 척하며 남자의 얼굴을 훔쳐보았다. 턱 밑에 흉터가 있다. 흉터를 확인하고 나니 더욱 긴장이 되었다. 그러다 남자는 나하고 눈이 마주치자 이내 시선을 다른 곳으로 옮겼다. 누구를 만나기로 한 것일까. 자꾸 궁금해지고 나의 시선도 그쪽으로만 쏠린다. 그리고 상상해본다. 부인을 만나기로 했을까. 어지간히 시간을 안 지키는 여자인가 보다. 아니면 혹시, 도둑?

　시간은 어느덧 9시 40분을 가리켰다. 가게 문을 닫으려고 간판 불을 끄는데 아까 그 남자가 가게 안으로 들어섰다. 나는 온 신경을 그에게 쏟고 여차하면 비상벨 누를 준비를 하였다. 그러면서 짧은 시간에 재빨리 남자를 머리끝부터 발끝까지 쫙 스캔하였다. 그리고 남자의 눈을 봤다. 선한 눈빛이 일단 마음을 놓아도 될 것 같아 쭈뼛쭈뼛 망설이는 남자에게 "시계 배터리 넣으려 오셨나요?" 했더니 아니라고 한다. 남자의 초라한 행색을 보고 비싼 보석은 살 것 같지 않아 그렇게 생각을 해버린 것이다.

　"저 그게 아니고요, 아내에게 선물을 하려는데 돈이 조금밖에 없어서요. 보석은 비싸지요?"

그때서야 나는 웃으면서 남자의 망설임이 무엇인지 알 수 있을 것 같았다.

"얼마 정도 생각 하시는데요? 제가 그 가격에 맞춰드릴게요."

남자는 가지고 있는 돈이 5~6만 원 정도라고 한다. 결혼 10주년 인데 그동안 고생만 시키고 결혼 때도 형편이 어려워 예물은 생략 하고 겨우 결혼식만 올렸다는 것이다. 그랬나 보다. 그 남자에게는 5~6만 원도 굉장히 큰돈이며 차마 부끄러워 고민고민하다가 들어 왔을 것이라고 생각하니 원가에 주고 싶은 마음이 생겼다. 나는 목 걸이와 메달을 원가 이하 가격으로 팔면서도 마음이 뿌듯하고 즐 거웠다. 남자는 고맙다는 인사를 거듭하며 자기 아내가 아주 좋아 할 것이라고 했다. 나는 마음에 안 드시거나 사이즈가 맞지 않으면 직접 나오셔서 다른 것으로 교환해 가시라는 말도 잊지 않았다. 아 마 그 부인은 선물보다도 남편의 사랑과 따뜻한 마음씨에 고마워 감동하리라. 나에게도 지난 시절 가슴 벅차고 뜨거운 눈물을 흘렸 던 추억이 떠오른다.

어렵게 시작한 결혼은 예물이라고는 쌍가락지와 처녀 시절 목 에 걸고 있던 목걸이를 남편 친구가 하는 보석 가게에서 다시 재셋 팅 한 것이 전부였다. 처음부터 빈손이었던 신혼시절에는 애로가 많았다. 아이 수술을 앞두고 병원비가 부족했던 시절도 있었고, 집 세를 올려주지 못해 돈을 빌려야 할 상황도 있었다.

결혼 전까지 돈을 빌린다거나 아쉬운 부탁을 해본 적이 없다. 그때는 내가 직장을 다녔기 때문에 돈의 아쉬움을 몰랐다. 그러나 결혼 초기에 여러 가지 힘든 일이 한꺼번에 몰려와 고달팠던 시기였다. 사실 돈 이야기하기란 자존심이 허락하지 않았지만 다급한 입장이 되니 평소에 믿을 만한 사람에게 부탁을 했는데 일언지하에 거절당했다. 한때는 나의 도움을 받은 적도 있던 사람이다. 생활이 궁핍해지자 믿었던 사람에게 배신감을 느꼈고, 가까운 사람이 나에게 등을 돌렸다. 그때의 비참한 기분이란 어떤 말로도 나에겐 위로가 되지 못한다.

나는 정말 오기로 열심히 살았던 것 같다. 나를 비참하게 만든 그들에게 언젠가는 음지가 양지된다는 것을 보여주고 싶었다. 쓰라린 아픈 기억은 나의 삶의 원동력이 되었고 돈의 소중함을 알게 했다. 돈이 생기면 최소한의 생활비만 남기고 저축하기에 바빴고, 통장에 돈이 불어나는 재미로 모든 고통을 다 이겨낼 수 있었다. 결혼기념일, 생일, 크리스마스가 돌아와도 선물이라고는 상상도 못했다. 남편은 그런 날이 돌아오면 편지와 꽃 한 송이로 대신하고 늘 미안해했다. 누구보다도 남편의 마음을 잘 알고 있기에 불평도 섭섭해하지도 않았다.

10주년 결혼기념일 날. 남편은 에메랄드 반지를 선물하였다. 내가 좋아하는 보석이 에메랄드이다. 투명하고 맑은 연초록빛의 에메랄드는 마음의 안정을 찾아주고 비옥함의 상징이자 신념과 지혜를 나타내는 보석이기도 하다. 생각지도 못했던 에메랄드 반지를 선물로 받자 그동안 쌓였던 모든 설움과 고생이 눈 녹듯이 녹아내렸다. 선물보다도 남편의 따뜻한 마음이 고마웠다. 그 남자의 부인도 어쩌면 내 마음과 같을 것이다.

들어올 때 무거워 보이던 남자의 표정이 밝은 모습이 되어 걸어나가는 것을 보며,

"좋은 밤 되시고요, 즐거운 시간 많이 가지세요."

가로수로 심어져 있는 벚꽃이 바람에 흩날려 눈발을 연상케 하는 가로수 길을 따라 집으로 향하는 내 발걸음도 가벼웠다.

보석을
찾는 마음

오월 첫째 주 토요일 오후다.

세 사람이 매장 문을 열고 들어온다. 나는 습관처럼 "어서 오세요" 하고 인사말을 하면서 재빨리 그들을 스캔한다. 환갑은 족히 넘었으리라 짐작되는 여자, 그리고 부부로 보이는 40대 전후의 남녀. 닮은꼴을 확인해보니 아들 부부가 어머니를 모시고 나온 거였다.

예전에는 며느리가 시어머니를 모시고 선물을 사러 오는 경우가 많았다면, 이즈음 딸과 사위가 장모님을 모시고 온다. 맞벌이하는 딸 부부를 대신해 손주를 봐주는 친정어머니한테 보답 선물로 보석을 사주는 사람이 늘었다. 실은 그래 봐도 경기가 안 좋아 어버이날이 있는 5월인데도 손님은 눈에 띄게 줄었다.

"아드님이 어머니를 많이 닮으셨네요."

"그래요?"

내 말에 어머니 낯빛이 금세 달라졌다. 자식이 자신과 닮았다고 하면 좋아하지 않을 부모가 없겠지만 오늘의 어머니는 표나게 화색이 돌았다. 그러나 어머니는 뭔가 자제하려는 기색도 엿보인다.

"괜찮다는데도 애들이 자꾸."

이런 곳에 오는 게 낯설다는 기색이 역력하다. 진열장을 보는 눈길이 여간 어색해 보이지 않는다.

손님을 맞고 상담을 하고 물건을 파는 이런 일을 하다보면 손님의 차림새나 표정, 말투는 말할 것도 없고 심지어는 손님끼리 주고받는 말의 내용까지 신경을 쓰게 된다. 손님을 부르는 호칭에서부터 그들이 원하는 물건이 실제 어떤 것이고 주머니사정 또한 어떤지 미리 짐작하고 준비해야 하기 때문이다. 결혼, 생일, 회갑, 돌, 상(賞), 승진, 전근 등등 상황에 따라 알맞은 상품을 권해야 고객들은 만족해한다.

옷이나 가방, 액세서리 등을 보고 그 사람의 취향이나 취할 수 있는 수준을 짐작할 수 있게 된 것도 그런 이유다. '심플'한 것을 좋아하는지 '큐티'한 것을 좋아하는지 아니면 럭셔리한 취향인지 대충 짐작해서 상품을 권하는 것이 효과적인 것은 말할 것도 없다. 일행의 관계를 파악해 적절한 말로 안내하는 일은 그 자체로 고객의 입장을 배려해주는 보람 있는 일이기도 하다. 이건 단순히 장사를 해서 먹고사는 생업이기 때문만은 아니다. 손님이 어떤 지위에 있는 사람이고 어떤 성향의 사람이건 간에 성심으로 대하는 것이 나 같은 사람이 해야 할 일이다.

홀로 고생해 키운 아들은 의원을 개원해서 이제는 넉넉하게 살고 있다. 아들은 처음으로 어머니에게 멋진 선물을 하려 모셔온 것이다. 어머니는 아들에게 부담을 줄까 봐 비싼 것을 일단 피하려한다. 게다가 며느리까지 동행한 상황이다. 어머니는 진열장 앞에서 머뭇거리다 겨우 두어 게 선택한 것이 주로 미스들이 선호하는 중량감 없는 일반적인 액세서리이다.

그 모습을 지켜보던 며느리가 한마디 한다.

"어머니, 그건 좀 아닌 것 같아요."

며느리의 말이 분위기를 전환시켜 준다. 아들이 나선다.

"어머니, 친구분들이 하는 거 많이 보셨을 거 아니에요?"

어머니는 얼핏 다른 쪽으로 시선을 두었다가 고개를 절레절레 흔든다.

"괜시리 비싼 걸 왜 해?"

겉으로 단호한 듯했으나 말꼬리는 흐려져 있다.

"엄마, 이제 나 돈 많이 벌어요. 보석 하나 사드릴 만큼 벌고 있으니까 걱정하지 말고 비싼 걸로 마음 놓고 고르세요."

"이이 돈 많이 벌어요, 어머니. 그 정도는 선물 받으실 자격 있으시니까 마음 놓고 고르세요."

모처럼 보는 부창부수다. 이런 모습은 장사를 하는 내 마음도 순수하게 정화시킨다.

"어머니 생신이 언제인가요?"

일종의 스토리텔링이다. 탄생석을 권할 참이다. 효자답게 아들이 어머니의 생일이 6월임을 잘 기억하고 있다.

"유월이면 탄생석이 진주이네요. 진주는 건강, 장수, 부 이런 것들을 상징하는 보석이지요. 어머니, 진주 괜찮으세요?"

나는 일 년 열두 달 제각기 특별한 의미를 두고 있는 탄생석을 가끔씩 상황에 따라 권유한다. 1월의 탄생석은 '가넷'이다. 이는 정조와 충실이라는 뜻을 지니고 있다. 2월의 탄생석은 '자수정'으로 한때는 부를 상징하는 보석이었으나 남미에서 대량 채굴된 이후 희소성이 떨어졌다. 그래도 정결함과 신비감을 지닌 돌로 사랑을 받고 있다. 3월은 물과 바다를 뜻하는 아쿠아마린. 4월의 탄생석은 다이아몬드다. 신부들이 결혼 예물로 받고 싶어하는 보석 중 단연 1위를 차지한다. 부와 행운, 승리와 성공을 상징하는 영원불변의 금광석이다.

다이아몬드 다음으로 모든 여성들이 좋아하는 보석이 바로 6월의 탄생석 진주다. 진주는 바다의 조개 속에서 자란 보석으로 빛이

은은하고 영롱하여 그 신비스런 빛에 매혹되어 오랜 세월 동안 만인의 사랑을 받아왔다. 진주가 만인의 사랑을 받게 된 것은 오로지 탄생의 아픔을 견뎌온 그 인고의 세월 덕이 아닌가 한다.

조용하고 깔끔한 이미지를 풍기는 어머니에게 어울릴만한 디자인으로 고상하면서도 약간은 화려한 진주반지를 보여드렸더니 흡족해 하신다. 친구들한테 이런 것들이 하나씩 있는 걸 보고 속으로 많이 부러워했다고 한다. 아들은 기왕이면 목걸이까지 보여달라고 한다. 진주 비드목걸이를 걸고 거울 속에 자기 모습을 비춰보는 여인, 진주반지를 손가락에 끼우고 공중에 처든 채 이리저리 빛을 받아보는 여인! 그 모습은 '나는 어머니도 그 누구도 아닌 여자다'라고 말하는 듯하다.

"진주는 열이나 땀에 약해요. 향수, 스킨 오일, 헤어스프레이 이런 것도 피해 주시고요, 보관할 때는 부드러운 천으로 닦아서 케이스에 담아 두세요."

나는 연신 예쁘다, 고맙다는 말을 하고 있는 어머니에게 주의할 말도 잊지 않았다.

어머니는 매장을 떠날 때까지 환한 표정을 숨기지 않는다. 아들도 며느리도 그 덕에 더 뿌듯해 하는 느낌이다. 보고 있는 나도 기분이 매우 좋다. 매매가 이루어져 이득이 생긴 것은 그 다음 문제다. 어쩌면 내가 다른 무엇이 아닌 보석을 판매하고 있는 이유도 이런 데 있는지 모른다.

보석은 희소성과 내구성, 그리고 아름다움에 가치가 있는 거라 한다. 인간이 비싼 돈을 주고 그것을 사는 이유도 그 가치 때문일 것이다. 그 추상적인 가치는 돈의 가치와 더불어 보석의 가치를 상승시키는 주요인이라 할 수 있다. 우리가 보석을 지니면서 기분이 좋아지고 세상을 긍정하고픈 마음을 가지게 되는 것은 돈 가치 때문만은 아닐 것이다.

보석은 그것을 찾는 사람에게 그 무형의 가치를 즐기게 함으로써 그 사람을 정화시키는 힘이 있다. 나는 보석을 팔 때마다 보석을 찾는 인간의 진정한 마음도 함께 만난다.

보석을 찾는 마음

유비무환

금은방을 운영하는 매장은 어느 매장과는 달리 긴장하는 일이 잦다. 백화점이나 쇼핑상가 안에 있는 매장보다 거리의 상가 건물 1층에 칸이 막혀 있는 매장은 더욱 그러하다. 손님이 많이 드나드는 날이면 더 긴장을 하고 신경을 쓴다. 손님 중에 엉뚱한 짓을 하는 사람이 끼어 있을 수 있기 때문이다.

입에 올리기는 그렇지만 훔쳐갈 목적으로 매장에 오는 사람도 있을 수 있고, 그중에는 강도로 돌변해 사람을 해치는 경우도 있을 것이다. 또한 손님이 가져온 귀금속 중에 남의 것을 훔친 이른바 장물인 적도 있어서 이 역시 신경이 쓰이는 일이다. 실제로 뉴스에서 귀금속 매장 강도 사건 같은 것이 다루어지는 날에는 하루 종일 긴장한 얼굴로 손님들을 불편하게 할 때도 있다.

대부분의 귀금속 매장에는 만약을 대비해 CCTV, 비상벨 외에도 '한달음장치', 가스총 등을 구비해 놓고 있다. 우리 가게도 여느 집에 뒤지지 않게 모든 장치를 해두었다. 그래도 두려움과 불안은 사라지지 않는다. 여자 혼자 있을 때 불미스런 일이 생기는 확률이 높기 때문에 남편과 늘 함께한다. 그렇다고 언제나 둘이 있을 수만은 없는 일.

한번은 남편이 매장을 잠깐 비운 사이 건장한 남자 넷이 들어왔다. 그때가 오전 11시경이었다. 나는 순간 바짝 긴장했다. 평소 모의 연습을 해온 대로 나는 몰래 두 가지 행동을 취할 수 있게 몸을 슬며시 움직였다.

하나는 전화기 가까이 서 있다 여차하면 전화기 선을 발로 미는 일이다. 그렇게 되면 송수화기가 절로 들리고 7초 안에 경찰서의 한달음상황실로 연결된다. 그 다음 경찰차 소리가 들리는 건 시간 문제다.

또 하나는 호주머니 속 비상벨을 이용하는 일이다. 예전에는 비상벨이 금고 옆 바닥에 설치돼 있어서 일부러 금고 가까이 가지 않으면 제대로 사용할 수 없었다. 요즘은 비상벨을 호주머니에 넣고 있다가 급할 때 누를 수 있으니 참 간편해졌다.

나는 이 네 사람 앞에서 발과 손을 모두 쓸 궁리를 하고 있었다. 그뿐이 아니다. 전화기 위 벽장 앞에 놓인 가스총을 언제 어떻게

잡을 것인가, 생각하며 눈으로는 그들을 쭉 훑어보았다. 아무리 봐도 사내들은 예사로운 사람이 아니었다. 모두가 강한 인상들로 평범해 보이지 않았다. 체형도 그렇거니와 눈초리가 매서운 것이 영화에서 보던 조폭들 같았다. 가슴이 콩닥거려 왔다.

나는 우선 위치를 사내들 얼굴이 CCTV에 잘 나올 수 있는 방향으로 유도했다. 그러면서 그들을 나름 날카롭게 바라보았다. 그때 사내들 중 하나가 말했다.

"아주머니! 물건 안 팝니까? 손님이 왔는데 어서오세요도 안 해요?"

사내들도 내 표정이 이상해진 걸 알아차린 듯했다. 나는 머뭇거리며 간신히 맞장구쳤다.

"아, 팔지요. 필요한 게 뭔데요?"

내 말투가 마음에 안 들었는지 다른 사람이 약간 신경질적으로 말한다.

"돌반지 한 돈 주세요."

뭔가 큰 것을 기대한 것도 아닌데 돌반지 한 돈이라는 말에 은근히 속이 상했다. 나는 더 퉁명스러워졌다.

"아니, 돌반지 한 돈 사러 오는데 네 사람씩 와요?"

"그럼 안 됩니까?"

"그게 아니라, 무섭잖아요. 덩치 큰 사람들 네 분이 들어오니까요. 하마터면 경찰서에 연락할 뻔했잖아요."

그들의 표정이 좀 누그러뜨려졌다.

"뭐하는 사람인지 물어봐도 돼요?"

"왜요?"

"궁금해서요. 평일인데 이 시간에 직장에 안 가고 몰려다녀서요."

그 말에 그들은 크게 웃었다. 웃으니까 얼굴들이 좀 부드러워 보였다. 남자들은 동료의 돌잔치에 가는 형사들이라 했다. 우락부락한 사내 넷이 들이닥치듯 들어왔으니 오해할 만하겠다고 사과 말까지 했다. 그러나 나는 그들이 돌아간 뒤에도 놀란 가슴을 진정시키느라 애썼다. 남자들이 타고 가는 차량의 번호를 되뇌며 경찰서로 전화를 걸었다. 유비무환이라고, 정말 형사가 맞는지 확인해보려고 좀 전의 상황을 얘기한 뒤 차량조회를 부탁했다. 그들이 타고 간 차가 경찰 소속이 틀림없다는 것이 확인됨으로써 모든 오해가 풀렸다.

사내들을 의심해서 미안하기도 했고 공연히 수선을 피워 창피하기도 했다. 그러나 다시 생각하면 그게 아니었다. 범인은 반드시 범행을 일으킬 장소를 사전 답사한다고 하지 않았던가. 의심만 하고 확인하지 않았다가 무슨 일을 당할지 알 수 없어 혼자 염려하기보다 확실하게 의심을 풀고 가는 것이 현명한 일일 수도 있다.

사실 인근 파출소나 관할 경찰서의 방범 순찰이나 사고 대책은 믿음직스럽다. 평소에는 말할 것도 없고, 연말연시나 명절 때가 되면 순찰이 더 강화되고 있어서 든든하다. 그 고마움에 늘 따뜻한 차 대접이라도 하고 싶지만 일절사절 한다.

그러나 나를 지키는 일은 내가 우선이다. 귀금속 매장 일을 하는 동안에는 나의 이러한 유비무환 정신은 결코 약해지지 않으리라.

짝퉁

한 남자가 아주 당당하게 들어왔다. 그는 손목에 차고 있는 시계를 풀었다. 이거 팔면 얼마나 받을 수 있나요? 물어본다. 명품 시계 (롤렉스)였다. 남편은 기스미(확대경)로 시계를 요리조리 자세히 살펴본 뒤 짝퉁이라고 하였다. 남자는 무슨 소리냐며 목소리 톤이 올라가더니 화를 냈다. 마치 당신이 제대로 알기나 하느냐는 듯 의심의 눈초리 보내면서 말이다. 남자의 말인즉 결혼 예물로 장모님한테 받은 것인데 설마 가짜이겠냐는 것이다. 그 말도 일리는 있다. 누구나 예물로 받는 것은 진짜이기를 바라고 진짜라고 믿어 의심치 않을 것이기 때문이다. 남자는 당장 장모님한테 따져야겠다며 서슬이 시퍼런 얼굴로 거듭 짝퉁이 맞느냐고 되물었다. 남편의 대답은 역시 짝퉁이다. 나는 잔뜩 화가 난 남자에게 화부터 내지 말고 짝퉁을 사줄 수밖에 없는 무슨 사정이 있었을 것이다. 지금의 아내보다 시계가 더 중요하느냐고 물었다. 그 말에 남자의 기세가 한 풀 꺾였다. 어쩌면 짝퉁이라는 말보다 아무것도 모르고 팔러 와서 망신을 당했다고 생각해 더 쪽팔리고 창피했을지도 모른다. 그 기분은 이해가 된다. 거짓말은 물론 나쁘다. 특히 짝퉁을 진짜로 알고 있다가 당하는 배신감은 신뢰가 무너지는 중요한 문제일 것이다.

그런 일이 처음은 아니다. 예전에 돈이 궁해 예물을 팔러 온 여자는 다이아몬드 반지인 줄 알았는데 가짜 큐빅 반지인 것을 알고 실망한 표정을 잊을 수 없다. 그녀는 남편과 당장이라도 이혼할 것처럼 흥분했다. 내 앞에서 남편에게 전화를 걸어 확인한 뒤 한바탕 퍼부어댔다. 난 그녀에게 다이아몬드는 감정서가 반드시 첨부되는데 결혼할 때 보지 못했느냐고 물었다. 그녀는 감정서가 없었다고 했다. 그럼 남편이 속인 것은 아니네요, 했더니 그게 그거지요, 하며 좀처럼 화를 삭이지 못하고 뒤도 돌아보지 않고 사라졌다. 그녀는 당연하게 다이아몬드라고 생각을 했던 것이고 그녀의 남편은 굳이 다이아몬드가 아니라고 말할 필요를 느끼지 못했으리라.

그뿐이 아니다. 또 다른 경우도 있다. 진짜 다이아몬드는 빼서 팔아먹고 그 자리에 가짜 다이아몬드를 조각한다. 그렇게 해서 시집과 남편을 속이는 경우가 더러 있다. 그러다 탄로가 나면 다시

와서 예전과 똑같은 다이아몬드를 셋팅해 달라고 한다. 여기서 소중한 것은 부부간의 신뢰 문제이다. 나중에 들통이 나서 배신감을 느끼는 것보다 차라리 처음부터 솔직하게 말해야 하는 것은 그것이 예물이기 때문이다. 예물은 단순한 상품이라기보다는 서로의 믿음을 주고받는 상징적인 의미가 담겨 있다. 부부가 백년해로하고 모진 풍파를 이겨내는 그 밑바탕에는 신뢰와 믿음이 기본적으로 있어야 한다.

우리 사회에 널리 퍼져 있는 짝퉁의 문제는 어제오늘 일이 아니다. 유명 브랜드를 모방한 제품들은 그 수를 헤아릴 수 없다. 일반적으로 귀금속, 가방, 의류, 구두, 시계, 선글라스 등 정부의 꾸준한 단속에도 불구하고 근절되지 않는 것은 그게 바로 부와 권력의 상징이기 때문이다. 오늘날 현대 소비사회에서 개인들은 외양, 집, 옷, 자동차, 귀금속, 가방, 구두, 취미활동 등 생활양식을 통해 자신을 즉각적으로 나타낸다. 특히 소비사회에서 희소상품을 소유한다는 것은 타인과 구별되기 위한 기호의 상징으로서 사회 계층을 구분하고 분류하는 척도로 소통되기도 한다. 그러므로 명품은 상류층이 비상류층과 구분을 위해 애용하는 것이 일반적이지만, 비상류층 역시 상류층을 모방하기 위해서 사용하기도 한다. 상류층은 상징적 가치가 높은 재화에 대한 소유욕구의 표현으로 명품을 선호한다면, 비상류층은 상류층과 동일시되려는 욕망에서 명품 선호가 비롯된다고 할 수 있다.

　명품을 살 형편이 안 되는 사람들은 짝퉁으로라도 대리 만족을 선호하고, 그러한 사회적 구조의 욕망은 생물학적이라기보다는 심리적인 영향이 더 크게 작용한다. 말하자면 상대적 빈곤감 내지 상대적 박탈감에서 오는 위기의식을 물질을 통해 보상받으려는 심리가 아닐까. 오늘날엔 물질을 소유하여 자신의 존재가치를 느끼는 소유 지향적인 삶이 우리 사회에 전반적으로 깔려 있다. 사람들은 물질만능주의 사회에서 물질을 통해 만족을 느끼고 현실의 불안감을 떨쳐내려 한다. 그러나 그 누구든 많이 소유하면 할수록 소유하고 있는 것을 잃게 될까 봐 늘 불안한 삶을 살 수밖에 없다. 결국 결핍은 물질로서 채워지지 않으며 오히려 정체성의 혼란만 가중시킨다.

　광고와 미디어를 통해 유행 문화가 빠르게 진화되고, 특히 드라마에 나오는 스타들이나 유명 인사들의 소비 위력은 소비 다중의 모방심리를 자극해 일체화 욕구의 표상인 명품이나 모조품 구매 풍조의 성행으로 이어진다. 이러한 사회 현상은 자본주의 특성인 상업주의와 매체들의 영향이 만들어낸 환상과 허상임을 빨리 깨우쳐 주체적인 삶을 살도록 해야겠지만, 그게 소비사회에서는 참 어려운 일이다. 짝퉁 문제는 앞으로도 근절되지 않으리라 보인다.

역지
소동

매장을 오픈하고 나서 얼마 지나지 않아 할머니 한 분이 씩씩거리며 들어오셨다. 할머니는 내가 무슨 말을 꺼내기도 전에 백을 열고 목걸이를 꺼내 진열대 위에 신경질적으로 던지면서 다짜고짜 쌍욕을 하며 언성을 높인다. 사기꾼이다. 도둑질해 먹었다. 알 수 없는 말들을 속사포처럼 쏴붙인다. 처음엔 영문을 몰라 어떻게 대처해야 할지 막막했다. 도대체 남의 말을 전혀 들으려 하지 않아서 더욱 애를 먹었다.

할머니는 전날 14K 체인목걸이 줄이 끊어졌다며 수리를 맡기려고 오셨던 분이었다. 목걸이를 자세히 확인해보니 끊어진 게 아니라 잠금 장식 부분이 벌어져 있었다. 그래서 공장에 보내지 않아도 될 것 같아 직접 벌어진 장식을 조여 목걸이를 연결해주었다. 할머니는 돈도 안 받고 공짜로 고쳐주었더니 연신 고맙다는 인사를 하고 돌아갔다. 그런데 느닷없이 물에 빠진 사람 건져주었더니 보따리 내놓으라는 식으로 덤벼드니 어이가 없다.

할머니 말인즉, 우리 집에서 목걸이를 고치고 나서 줄이 짧아졌다는 것이다. 난 이해가 안 되는 상황이지만 무슨 오해가 생긴 것 같아 설명을 하려고 해도 막무가내로 본인 말만 계속하였다. 그것도 욕까지 해가면서. 내가 장사하면서 수많은 사람들을 겪어봤지만 이처럼 어이없고 대책 안 서는 사람 처음 봤다. 할머니보고 목걸이 산 집이 어디냐? 그 집에 가서 물어보자고 했더니 목걸이 산 지가 10년이 넘어 그 집이 없어졌다는 것이다. 그럼 전문가한테 가서 목걸이를 중간에 잘랐는지 확인해보자. 줄이 짧아졌다면 끊어낸 자리가 있어야 되는데 없지 않느냐? 기술자나 전문가는 목걸이를 보면 금방 알 수 있는 일이니 확인시켜 준다고 해도, 그 말을 어떻게 믿느냐 다 짜고 치는 고스톱이라는 것이다. 할머니는 아무 말도 듣지 않고 무조건 우리가 속였다고 억지 주장만 한다. 참는 것도 한계에 다다라 나도 언성이 높아졌다. 이 할머니가 속고만 살았나! 당신 속이 시커머니까 우리도 그런 줄 아나 보는데, 그까짓 목걸이가 몇 푼 한다고 할머니를 속여요! 아주 못된 할머니이시네. 그렇게 억울하면 경찰에 신고하든지 알아서 하시고 매장에서 나가세요! 그랬더니, 할머니는 한술 더 떠 매장 앞에서 일인 시위를 하겠다며 협박까지 한다. 솔직하게 말해서 돈으로 따지면 몇 만 원 안 되지만 그게 문제가 아니다. 실컷 좋은 일 해주고 도둑 누명까지 쓰니 그것이 억울한 거지.

할머니를 상대하는 데 있어서 인내심에 한계가 왔다. 참고 가만히 상대의 의견을 들어줌으로써 해결이 될 상황이 아니다. 이미 할머니는 자기에게 최면 효과의 암시를 깊게 저장한 뒤라 어떤 말도 귀에 들어올 리 없다. 그렇다면 문제 해결은 본인이 느낄 수 있는 목걸이의 길이어야 하는 것이다. 그러니 일단은 목걸이를 걸어보고 다시 대화를 해야 될 것 같다. 할머니의 고집스러운 행동에 화가 났지만 그래도 참으며 할머니한테 목걸이를 한번 걸어보시자고 했다. 할머니는 걸어볼 필요 없다며 손사래를 치셨다. 이미 집에서 다 걸어봤고 친구들도 모두 예전보다 짧아졌다고 했다는 것이다. 나는 또다시 화가 나서,

"할머니! 얼마나 짧아졌는지 알아야 물어주든지 말든지 할 거 아니에요? 그러니 일단 목걸이를 걸어보자고요."

할머니는 물어준다는 말을 듣고 못 이기는 척 목을 내밀었다. 목걸이는 짧지 않았다. 평균 사이즈보다 많이 길었다. 할머니가 집에서 걸었을 때는 쇄골께 정도의 길이였다고 했는데, 그것보다 10cm도 넘게 더 길었다.

"할머니, 보세요? 길이가 이렇게 긴데 뭐가 짧다는 거예요."

할머니는 거울을 보시더니 고개를 갸웃거리며 이상하다고 하셨다.

"집에서는 분명히 짧았는데……. 거참 이상하네!"

할머니의 체인목걸이 디자인은 칸이 넓고 각이 진 체인이라서 중간에 꺾여 있었다. 난 꺾인 부분을 풀어서 걸어드렸다. 원인은 그거였다. 할머니는 그것을 모르고 그대로 착용을 하시니까 길이가 짧게 느껴질 수밖에 없었다. 까마귀 날자 배 떨어진다고 일이 뒤틀리려고 하니까 공교롭게도 할머니 목걸이가 그랬다. 나는 목걸이를 다시 풀어서 이유를 설명해드리니 그때서야 이해를 하셨다.

"그러니까 할머니, 제 얘기를 먼저 들어보시라고 했잖아요. 어디 할 짓이 없어서 할머니 목걸이 줄을 잘라내겠어요. 그게 몇 푼이나 된다고요. 할머니처럼 이렇게 억지 쓰는 사람 처음 봐요."

할머니는 의심해서 미안하다. 화부터 내서 미안하다. 그렇게 사과하고 돌아가셨다. 오해는 풀려서 다행이지만 답답하고 지루한 날이었다.

두 여인

새해 들어 가장 추운 날씨라고 한다. 며칠 전 내린 폭설로 도로 곳곳이 꽁꽁 얼어붙었다. 그래서인지 거리는 한산하고 사람들 발길도 뜸하다. 나는 무료함도 달랠 겸 햇빛이 쨍 비치는 쇼윈도 앞에 서서 밖을 바라보고 있었다. 그때, 누가 불러주는 이도 없고 반가워하는 이도 없건만 그녀는 어김없이 히죽히죽 웃으며 알은체를 한다.

빨간색 털 귀막이를 하고 어디서 주워 썼는지 털모자를 눌러쓰고 두꺼운 코트 밑으로는 노란색 얇은 천이 삐져나와 하늘거리고 있다. 그녀는 털구두에 털장갑까지 끼고 핸드백을 휘두르며 "어! 추워, 어! 추워" 하면서 나에게 손을 흔든다. 그녀가 알은 체해서 나도 문을 열고 대꾸를 해주었다.

"이렇게 추운데, 아침부터 어디 가?"

"놀러가, 좋은 데. 같이 갈 거야?"

"싫어. 너나 잘 다녀와."

요즘 표현을 빌리자면 약간 맛이 간 여자고 예전에는 미친년이라고 불렀다. 그녀가 매일 옷을 갈아입고 오전에 우리 매장 앞을 지나가기를 일 년이 넘었다. 어떤 때는 정신이 조금 온전해 보일 때도 있다. 그녀의 나이는 30대 후반에서 40대 초반 정도로 보였다. 얼굴도 예쁘장하다. 그녀는 옷이며 구두, 모자, 스카프를 어디서 주워오는지 매일 패션이 바뀌었다. 여름에는 끈만 있는 원피스를 속살이 훤히 비치게 입고 돌아다녀 내가 낯이 뜨거울 때가 한두 번이 아니었다. 또한 그녀는 모자를 쓰고도 양산을 꼭 들고 다녔다. 옷은 주로 원색을 즐겨 입었고 가끔씩 우리 매장에 들어와 빨강, 노랑, 파랑이 섞여 있는 노리개를 갖고 싶다며 가격을 물어보기 수십 번. 그리고 매번 똑같은 말을 되풀이하였다.

"언니, 이것 팔지 말어! 다음에 내가 살 거야. 이거 내 거야."

"알았어. 너 거야, 꼭 사가야 돼."

내가 대답해준 것만도 셀 수 없다. 그리고 또 해를 넘겼는데 달라진 것은 아무것도 없다. 그녀의 증세가 전보다 조금 심해진 것을 빼곤 말이다.

처음에는 그녀가 불쌍해서 말대꾸를 해주었더니 시도 때도 없

189

이 들이댄다. 길거리에서 눈만 마주쳐도 얼굴을 바짝 갖다대고 언니, 나 따라가면 안 되냐고 물어온다. 또 매장에 손님이 있건 없건 들어와 이것저것 참견하는 바람에 난감하기도 했다. 요즘은 그녀의 행동이 지나쳐 쌀쌀맞게 대했더니 매장에는 잘 들어오지 않는다. 그래서 한편으로 미안한 생각도 들지만 어쩔 수 없다.

그녀에 대한 소문은 다양하다. 남편이 있다고도 하고, 이혼을 했는데 남편이 아이들을 데리고 해외로 날라버려 정신이 이상해졌다고도 한다. 또 남편이 바람을 피워 충격을 받아서 그렇게 됐다고도 한다. 부모님과 함께 살고 있는데 집이 그렇게 못살지는 않는다고도 한다. 무엇이 진실인지 모르겠지만 그녀는 고등교육 이상을 받은 것 같다.

우리 어릴 적에는 주변에서 정신이 이상한 사람을 보는 것은 흔한 일이었다. 그런 사람을 동네 꼬마 녀석들이 떼거리로 따라다니며 놀리기도 하고 어떤 아이는 돌멩이도 던졌다. 또는 먹을 것을 줄 것처럼 약 올리며 이상한 행동을 더하기를 은밀히 부추겼다. 그래도 그들은 좋다고 히죽거리며 온 동네를 자기집마냥 기웃거리고 다니다 배가 고프면 밥을 얻어먹고 해가 지면 아무 처마 밑에서 잠을 자던 모습들이 생각난다. 지금은 정신병원이 많이 있고 홍보도 잘돼 있어서 그런지 그런 사람을 보기는 쉽지 않다.

오래된 기억이지만 한 여인이 떠오른다. 나이는 꽤나 젊었는데 머리에 언제나 꽃핀을 꽂고 이집 저집 밥을 얻어먹고 다녔다. 그러다 어느 날부터인가 배가 불러오기 시작했다. 나는 어린 생각에 살이 찌는 줄 알았는데, 동네 아주머니들이 그 여인에게 하는 말들을 듣게 되었다.

"쯧쯧, 불쌍한 것을 어느 놈이 못된 짓을 한 거야. 쳐 죽일 놈이지. 이것아! 어쩌려고 배까지 불러, 누구 고생시키려고."

배 속 아이를 두고 한 말이었다. 그 여자의 배가 만삭이 되었을 때 날씨는 추운 겨울로 접어들고 있었다. 이듬해 봄 그 여인을 보았다는 사람은 아무도 없다. 다만 소문만 무성하게 온 동네를 휩쓸고 다녔다. 아이를 낳다가 얼어 죽었다, 물에 빠져 자살했다는 알 수 없는 사실들만 입으로 전해졌다. 그 이후 그녀의 흔적은 어디에서도 찾아볼 수 없었다.

나 역시 매일 보는 이 여인의 이름도 모르고 나이도 모르며 사는 집도 모른다. 그녀의 신상에 대해 물어보면 엉뚱한 대답뿐 아니라 두서없는 말 때문에 오히려 혼란스럽다. 남편이 있다고도 하고 부모님과 함께 산다고도 하는데, 가족을 한 번도 본 적이 없어서 믿을 수도 없다. 멀어져가는 그녀의 뒷모습을 보니 혹시라도 불행이 닥치지 않을까 걱정이 된다. 예전의 그 여인처럼 바람같이 사라지면 어쩌나, 히죽히죽 웃는 모습이라도 좋으니 오래오래 보여줄 수 있기를 기대한다.

담배꽁초

언젠가부터 깨끗해야 할 길거리가 온통 담배꽁초와 침으로 뒤덮여 있다. 비흡연자로 그러한 길거리를 걸을 때는 참으로 불쾌한 기분을 갖지 않을 수 없다. 그래서 시선을 바닥에 두지 않으려고 일부러 시선을 멀리하며 걷게 된다. 담배꽁초 역시 담배연기만큼 참고 견디기 힘든 일인 것 같다. 금연구역 정책은 간접흡연으로 인한 피해 방지와 주민의 건강증진보호라는 차원에서 시작하여 그 구역이 점점 확대된 것으로 알고 있다. 비흡연자에게는 반가운 소식이 아닐 수 없다. 그러나 한편으로는 걱정도 되었다. 그럼 흡연자들은 어디 가서 담배를 피울까.

보건복지부가 2015년 1월 1일부터 모든 음식점을 금연구역으로 확대하자 흡연자들은 길거리로 내몰린 상태가 되었다. 담배를 끊을 수 없는 사람들에게는 금연구역 규제가 사형선고나 다름없을 것이다. 그것도 공공장소가 아닌, 일상생활에서 가장 밀접하게 이용하고 있는 음식점이나 주점 등이기 때문이다. 규제가 시작되자 흡연자들은 기다렸다는 듯이 길거리 흡연 문화를 만들어갔다. 이제 동네와 골목상권뿐만 아니라 대형건물 앞 등, 어디에서나 길거리에서 담배 피우는 사람들을 쉽게 만난다. 정부가 금연구역 규제를 무조건 시행만 하면 그다음의 불편함은 누구의 몫이란 말인가?

특히 음식점이나 술집이 모여 있는 길거리와 편의점 앞은 더 말할 나위 없다. 담배꽁초 때문에 발걸음을 떼기조차 힘들다. 누구나 예상했던 일이 아닐까! 그래도 대형 커피숍이나 대형 음식점들은 따로 흡연실이 마련되어 있어 그나마 다행이다. 정부가 금연구역 정책을 확장하여 아무리 규제한다고 해서 흡연자가 하루아침에 담배를 끊을 수는 없는 일이다. 그렇다면 그들이 최소한 담배를 피울 수 있는 공간이나 다른 대책도 함께 마련해야 하지 않았을까. 흡연자들이 길거리에서 담배를 피우고 꽁초를 길바닥에 버릴 것이라는 생각은 전혀 안 했는지 궁금하다.

공공장소, 건물, 지하철역, 버스정류장, 심지어 주거 공간에서조차 금연구역이 많다 보니 흡연자들 역시 괴롭기는 마찬가지일 것이다. 우리 아파트 계단 복도에도 담배꽁초 아무 데나 버리지 말라는 문구가 붙어 있다. 그 문구 밑에 또 누가 댓글을 달았다. "양심

좀 갖고 살아." 이처럼 담배꽁초 문제는 흡연자 한 사람의 문제가 아닌 공동의 문제로 다분히 시비거리로 남아 있다.

버스를 타고 강남 지역이나 서울역, 광화문, 명동을 지나칠 때 차창 밖으로 보이는 흡연자들의 모습들은 짠하기까지 하다. 흡연자들은 건물마다 밖에 나와 삼삼오오 모여서 추운 날씨에도 불구하고 무슨 죄인처럼 오들오들 떨면서 담배를 피운다. 그 모습을 보고 있노라면 그들도 참 안됐다는 생각이 든다. 흡연자들은 담배도 하나의 기호식품이라고 생각할 것 같다. 그렇지 않고서야 담배가 몸에 백해무익하다는 것을 모르진 않을 터인데, 알면서도 끊을 수 없다면 그들에게도 최소한의 담배를 피울 수 있는 권리를 줘야 할 뿐만 아니라, 지금처럼 거리에서 담배를 피울 때는 꽁초만큼은 가져가 쓰레기통에 버리도록 하는 기본적인 예절 교육도 시켜야 하리라.

이제 담배꽁초는 거리의 쓰레기를 벗어나 이웃 간의 분쟁의 소지가 되고 있다. 음식점이나 술집 옆에서 다른 업종 장사를 하고 있는 사람은 옆집 손님들이 밖에 나와서 담배를 피우고 침을 뱉고 꽁초를 남의 매장 앞에 함부로 버려 그것이 불씨가 되어 사장들끼리 싸우는 일도 있다. 흡연자들도 비흡연자에게 인정받고 대접을 받고자 한다면 남에게 피해주는 일은 스스로 자제해야 한다.

내 개인적인 생각은 어차피 담배를 끊지 못할 거라면 그들도 인권이 있는데 차라리 건물 안에 따로 흡연실을 마련해줘야 하지 않을까. 그리고 음식점이나 주점 그 외 영업장소들도 흡연이 가능한 업소와 아닌 업소를 구분해준다면 흡연자와 비흡연자는 각자가 알아서 그런 업소를 선택해서 이용하는 것도 한 방법일 것 같다.

정부가 법안을 시행할 때 후속으로 일어날 문제에 대해 정말 깊이 심사숙고하고 시행을 하는지 되묻고 싶다. 지금이라도 흡연자와 비흡연자 간의 간극이 더 깊어지기 전에 새로운 대안을 제시하여 길거리에서 담배를 피우고 꽁초를 거리에 함부로 버려 다른 사람의 눈살을 찌푸리게 하는 일들이 없었으면 하는 바람이다. 무조건 흡연자들을 거리로 내몰기만 할 것이 아니라 어떤 대책을 세워주는 것이 필요하리라. 우린 모두가 쾌적한 환경에서 우아하게 살고 싶다.

한국은 여러 분야에서 이미 세계 강대국 대열에 들어서 있다. 그 중에 빼놓을 수 없는 분야가 성형 수술이다. 한국에서 성형은 의술의 범위를 벗어나 이미 의료산업의 가장 핵심적인 콘텐츠로 자리해 있다. 어떤 통계 자료는 인구 대비 성형수술 횟수 세계 최다국이 한국이라 한다. 눈 수술 하나만 해도 눈매 교정술, 트임술, 매몰법, 절개법이 있고, 가슴 수술에도 보형물 삽입, 지방이식 가슴 확대술 등 다양한 종류가 있다. 머리끝부터 발끝까지 성형이 가닿지 않는 곳이 없다. 15개 신체 부위를 대상으로 134개 종류로 이루어지는 미용 성형수술, 이는 한국을 '성형 강대국'이 아니라 '성형 천국'의 반열에 올려놓았다.

한국 사회는 1990년대 후반부터 소비자본주의가 시작되면서 여성들의 몸에 대한 다이어트 광고가 폭발적인 인기를 끌자 그 여세를 타고 성형수술로까지 확산된다. 특히 여성들의 활발한 사회 진출로 '외모'가 시장에서 매우 중요한 자본으로 부각되자 기업들은 이와 때를 같이하여 새로운 제품을 꾸준히 개발해내고 의술의 발달과 미디어까지 합세해 소비자들을 공략한다. 그러한 영향으로 성형은 이미 우리의 일상으로 내려와 깊게 자리하고 있다. 그뿐이 아니다. 이젠 남성들까지 화장을 하는 세상이 되었고 화장품 회사의 주가는 '황제주'로 급등을 할 정도이다. 그러나 성형 천국 뒤에는 그로 인해 사람들과의 관계에서 신뢰가 무너지거나 웃지 못할 에피소드도 일어나고 있다.

예전에는 성형을 해도 부끄럽고 창피하여 감추기 바빴다면, 현재는 자랑처럼 자신 있게 어디어디 성형했다는 사실을 아무 거리낌 없이 말한다. 그래도 그것까지는 이해해줄 수 있다. 문제는 일반적인 사람까지 매도하여 조금만 예쁜 얼굴을 보면 '저거 다 성형발이야!'로 치부해버리는 현실에 우리가 살고 있다는 점이다. 그 내면에는 아마도 예쁜 사람을 깎아내려야 직성이 풀리는 심술과 질투심이 깔려 있는 것은 아닐까.

우리 사회 전반에 불고 있는 타자 지향적인 삶과 모방 욕망은 이제 이십대를 벗어나 오십대가 주를 이룬다고 한다. 심지어 오십대 주부들이 계를 들어 해외 여행을 간다고 하고서 단체로 성형을 하고 돌아온다는 이야기는 심심찮게 들린다. 내 주변에도 쌍꺼풀 수술과 코 수술한 친구는 여러 명 있다. 그 친구들은 바쁘다고 한동안 소식이 없다가 어느 날 갑자기 얼굴이 달라져 나타났다. 개중에는 자연스럽게 예쁘게 된 친구도 있지만 보통은 인상이 드세 보이고 부자연스럽게 보이는 경우가 더 많다. 사실 예쁘지도 않은데 친구가 상처 받을까 봐 마음에 없는 소리로 칭찬해준다. 한번은 친구가 쌍꺼풀 수술을 했을 때 진정한 마음으로 솔직히 말한다고 '예전 눈이 더 예쁜데'라고 했더니, 그 친구가 다시 가서 재수술을 하는 것을 보고 아차 싶었다. 그 후로 그는 마음이 상했는지 잠깐 사이가 소원해진 적도 있었다. 괜히 바른 말을 했다가 크게 후회한 적이 있어서 이제는 속마음을 다 내비치지 않는다.

나 역시 성형 천국의 시대에 사는 동안은 그냥 비켜갈 수 없는 것인지 얼마 전에 아주 황당한 일을 겪었다. 사실 이 글을 쓰면서도 아주 조심스럽다. 자칫하면 내 자랑이 될 것 같아 망설였지만, 요즘 세태 때문에 겪게 되는 에피소드라 가볍게 생각하고 쓰기로 했다. 수필은 자신의 체험을 쓰다 보니 때론 한계에 부딪치는 경우도 종종 있고, 주변의 이야기를 쓰다 보면 오해를 사는 일도 생기는 것 같다.

모임에서 여행을 갔을 때 일이다. 잠자리에 들기 전 회원들끼리 가볍게 맥주 한 잔씩 하고 있었다. 나보다 나이가 십 년도 훨씬 아래인 그녀는 갑자기 내 가슴을 꽉 잡았다. 그녀의 돌발적인 행동과 무례함에 "아니 뭐하는 짓이야? 남의 가슴을 만지고, 변태 아니야?" 그러나 돌아온 답변이 더 어이없다. 조금도 미안한 기색 없이 "선생님, 뽕 넣은 줄 알았는데 아니네요." 한다. 지천명이라는 나이를 넘긴 지가 언제인데 이 나이에 뽕이라. 처음 듣는 이야기일 뿐더러 그런 것이 있는 줄도 몰랐다. 그러니까 가슴이 작은 사람이 크게 보이려고 브래지어 속에다 넣고 다니는 것을 뽕이라고 하였다. 실은 숨겨진 살이 있는데 내 얼굴이 보통사람보다 작은 편이라 날씬하게 보고 그런 오해를 할 수도 있겠지, 이해는 했지만 참으로 불쾌했다. 한편으론 우리 사회에 만연되어 있는 성형 현실의 비애를 느낀다.

그뿐이 아니라 사람들이 많이 모인 자리에서 쌍꺼풀 수술을 했느냐, 보톡스를 맞았느냐 하는 질문들을 받다 보니 처음에는 그냥 무심했던 것이 슬슬 스트레스로 나타났다. 어떤 때는 질문 아니라 고문이었다. "쌍꺼풀 수술했어요?"가 아니라 "쌍꺼풀 수술이 자연스럽게 됐네요." 다. 아주 당연하게, 마치 본 것처럼. 안 했다고, 본래 내 눈이라고 해명하기는 해야 하는데 불쾌하고 짜증이 먼저 났다. 그래서 근거 없는 소문을 잠식시키기 위해 앨범에서 이십대에 찍은 사진을 찾아 카톡 대문에 올렸다. 그런데 항상 의도했던 것과는 다른 방향으로 흘러가는 게 삶인 것인지, 사진을 올리고 나서 반응이 그렇게 폭발적일 줄 몰랐다. 예쁘다 영화배우 같다 아나운서 누구 닮았다 등등 나를 아는 사람 대부분이 관심을 표현하였다. 성형에 대한 의혹은 풀렸지만 사람들이 남의 일에 그렇게 관심이 많은 줄 몰랐다. 내가 남의 일에 무관심하게 살아서 그런지 의외였다. 이젠 남의 관심 정도는 초월하고 살 나이가 되었지 않은가. 그런데도 말 한마디에 상처받고 괴로워하다니, 참 씁쓸한 세상에 살고 있다.

우리의 삶이 외모 지상주의로 바뀌어 다이어트에 목매고 타인을 모방하여 동일시하려는 욕구가 일반화되고 있는 현실이 안타깝다. 성형을 하여 다 똑같은 얼굴들이 사회 전반에 있다고 가정해 보자. 얼마나 끔찍한 일인가. 오죽하면 우스갯소리로 강남에 가면 바비 인형들이 널려 있다는 유행어가 나돌고 있을까. "아름다움이 있으면 추함이 있어 서로 대비를 이루게 되니, 내가 아름다움을 자랑하지 않으면 누가 나를 추하다 하겠는가?" 이 말의 의미를 다시 새겨본다면 아름다움이란 나만이 가지고 있는 특별한 개성이 아닐까. 보편적인 개성보다는 특수적인 개성이 더 값진 세상이었으면 하는 바람을 가져본다.

잊지
않을게

세월호 참사 때 생존한 안산 단원고 2학년 학생 73명이 71일 만에 학교에 등교하는 날. 그들은 모두 손목에 '리멤버0416'이라고 적힌 노란 팔찌를 차고 있다. 교문 앞에서는 학생들을 맞이하기 위해 기다리고 있는 선생님들과 학부모님들 그리고 취재하기 위해 카메라를 들고 있는 기자들의 모습이 TV 화면을 통해 보인다. 학생대표로 한 남학생이 교문 앞에서 호소문을 읽었다. "주위 어른들은 잊고 힘내라고 하지만 우리는 세상을 떠난 친구들과 선생님들을 기억하며 추억할 것입니다. 우리가 그들을 기억하듯 국민 여러분도 세월호를 잊지 말아주세요." 차분하게 읽어내려가던 그 학생은 "사람이 진짜 죽을 때는 잊혀질 때"라는 대목에서는 울먹거리며 잠시 멈추기도 하였다.

4월 16일 오전. TV 앞에 앉아 있던 나는 '세월호 침몰'이라는 뉴스 속보를 보고 가슴이 철렁했다. 안산 단원고 학생들의 수학여행이라는 말에 더욱 귀가 쏠렸다. 안산에서 10년을 넘게 살았다. 아들 역시 초등학교 3학년 때까지, 그리고 고등학교를 안산에서 다녔기 때문에 남다를 수밖에 없다. 수학여행이라면 단체로 많은 학생들이 탔다는 것을 의미한다. 게다가 어린 학생들이라는 생각에 가슴 졸이며 TV 앞을 떠날 줄 몰랐다. 구조는 더디고 생존자의 소식은 없고 마음은 타들어갔다.

늦은 시간에 아들에게 전화를 걸었다. 아무 말도 못하고 아들의 목소리만 듣고 있는데 눈치 챈 아들이 "엄마, 세월호 침몰 보고 전화했지요?" 한다. "응. 그냥 아들 목소리 들으려고, 목소리 들었으니 그만 끊자." 아들이 곁에 있다는 것이 얼마나 고마운지 하염없이 눈물만 흐른다. 아들이 안산 친구들에게 전화를 해서 확인한 결과 친구 동생이 찬 바닷속에 있다고 한다. 듣고 싶지 않은 소식을 결국 듣고 말았다. 침몰 사고 며칠 후에야 안산 지인들에게 전화를 돌렸다. 다행히 내가 아는 지인들에게는 불행이 없었다. 안도의 한숨을 돌렸지만 모두 우리 아들, 딸들이 아닌가. 지켜주지 못해 미안하고 무능한 어른이라서 더욱 미안하고 세상을 바꿀 힘이 부족해서 더더욱 미안했다.

자식을 잃는다는 것은 삶 전체를 다 잃어버리는 거다. 한 생명만 앗아가는 게 아니고 한 가정을 파멸로 만드는 것이다. 남은 가족들이 평생 지니고 가야 할 트라우마이다.

신문에 난 기사 일부분이다.

"세월호 참사로 단원고 여교사인 딸을 잃은 아버지의 삶이 어떻게 바뀌었는지 알 수 있다. '초원아, 일어나서 밥 먹어야지……' 하고 말하려다 말았다. 딸의 방문을 열자 침대, 옷장, 책상, 책꽂이가 눈에 들어왔다. 소탈한 성격대로 애써 꾸민 흔적이 없는 방이다. 딸이 평소 좋아하는 곰 인형 정도가 스물여섯 살 아가씨의 방이라는 것을 말해줬다."

딸을 잃은 이후 아버지는 회사를 그만두고 넋이 나간 사람처럼 계획도 없고, 낙도 없고, 그날이 그날이고 오늘이 며칠인지 모르겠고……. 모든 게 무의미해졌다고 한다. 딸의 엄마는 엄마대로 자주 탈진하고 이유 없이 아프고 남의 딸에게서 시선을 뗄 수 없는 것이 현실이다. 자식을 잃어보지 않은 사람은 그 비통함을 어찌 헤아릴 수 있을까.

대한민국은 지금 망각의 세계에서 살고 있다. 그렇지 않고서야 잊어버릴 만하면 대형 사고들이 툭툭 터진다. 그것도 천재가 아닌 인재로 말이다. 일일이 다 열거할 수도 없다. 최근에도 경주 마우나오션리조트 붕괴 사고, GOP 총기 사고 등이 있었다. 꿈을 펼쳐보지도 못한 젊은이들의 죽음 앞에 아무것도 하지 않은 채 그냥 지켜만 보고 있어야 하는 입장이 화가 나서 미칠 것 같다.

세월호 참사 이후 대한민국 어머니들은 '외자녀 불안증후군'이라는 새로운 사회적인 병에 시달리고 있다. 불안 장애는 우울증과 함께 나타나는 게 대부분이라고 한다. 아직 발생하지 않은 일인데도 아들을 잃게 될까 봐 군대 보내는 것도 겁이 나고, 자식이 눈에 보이지 않으면 마음을 놓을 수 없다. 현대는 아이를 많이 낳지 않기 때문에 외자녀인 집이 많다. 나 역시 아들만 하나이다 보니 일정 부분 겪은 일이라 동병상련(同病相憐)의 아픔을 느끼고 이해가 된다.

아픈 딸을 지켜주지 못하고 다섯 살 되던 해에 하늘나라로 보내야 했다. 그 후로 한동안 내 삶은 없었다. 아파서 어쩔 수 없이 보냈는데도 상처가 아직도 아물지 않고 있다. 자식은 가슴에 묻는다는 말이 진리인 것 같다. 그러니 세월호 참사처럼 인재로 자식을 잃어버린 부모들의 심정은 어떠한 말로도 위로가 되지 않는다. 시간이 가면 해결해준다고 흔히들 말하지만 그건 남의 일일 때 가능하다.

천안함 사고 때 아들의 군 입대를 앞두고 있었다. 그것도 해병대였다. 부모와 상의도 없이 자원 입대를 해서 입영 통지서가 나왔다. 엄마가 대신 갈 수 있다면 그렇게 하고 싶었다. 아니, 보내지 않을 방법이 있다면 선택했을 것이다. 하나밖에 없는 아들마저 잃게 될까 봐 겉으로 표현은 안 했지만 제대해서 집에 올 때까지 그 불안함이란 무엇으로 표현할까.

　구시대의 잘못된 병폐들을 개혁하지 못하여 이 시대의 어머니들은 가슴앓이를 하고 있다. 우리 사회에 깊게 뿌리내린 병폐들을 어떻게 해결할 수 있을까. 못난 어른들은 아이들을 지켜주지 못하고 언젠가부터 침묵으로 일관하고 있다. 그래서 미안하다. 지금 내가 할 수 있는 것은 절대 '잊지 않을게'라는 다짐뿐이다.

폭력 영화
이대로는 안 된다

2001. 9. 11. 그 날

뉴욕과 워싱턴의 하늘은 맑고 청명한 전형적인 가을 날씨였다. 그 누구도 대참사가 있을 거라곤 상상도 못했던 평온한 하루의 오전 시간.

〈9월 11일 공포의 화요일, 목표는 에어 포스 원〉

오전 7시 58분 아메리칸 항공 소속 보잉 767기 175편이 보스턴 로간 공항 활주로를 어린이 포함 승객 56명과 9명의 승무원을 태우고 달린다. 2분 뒤인 8시 유나이티드 에어라인 소속 보잉 767기 93편이 175편의 뒤를 이어 보스턴의 로간 공항을 이륙한다. 20여 분 뒤인 8시 21분 워싱턴 근교 덜레스 공항에서는 또 한 대의 보잉 757기가 로스앤젤레스를 향해 이륙했다. 이 비행기가 1시간 15분 뒤 세계 최강의 군사국인 미국의 국방부 펜타곤을 공격하리라고 그 누군들 예측할 수 있었을까?

잠시 후 8시 48분 뉴욕 세계무역센터 북쪽 1빌딩에 보잉 767기의 자살 테러 공격이 시작된다. 15분 뒤에 남쪽 2빌딩도 시뻘건 화염과 잿빛가루를 뿜어냈고, 결국 거대한 쌍둥이 빌딩이 어이없이 무너져내렸다. 미국의 상징이자 세계의 부와 번영, 자본주의와 민주주의를 대표하는 뉴욕과 워싱턴이 테러리스트들의 여객기 자살 공격에 아무런 대항도 없이 무참히 짓밟혔다. 검은 연기가 치솟고 사람이 낙엽처럼 떨어져내리는 참상이 바로 눈앞에서 영화가 아닌 현실로 펼쳐진 것이다.

소설과 영화에서나 볼 수 있었던 이 장면. 할리우드의 상상력조차 따라잡기 힘든 시나리오가 스크린이 아닌 현장에서 생생하게 연출된 것이다. 톰 클랜시의 《붉은 10월》, 《적과 동지》, 《페트리어트 게임》과 같은 소설이나 〈인디펜던스 데이〉, 〈에어 포스 원〉 같은 영화에서 다루던 공상 세계의 가상이 현실에서는 더욱 적나라하게 펼쳐지고 있으니, 표현의 자유라며 상상을 초월하는 폭력 영화들의 무책임함을 아니 들 수 없게 되었다. 미국의 원로 영화감독 로버트 앨트먼은 할리우드 폭력 영화가 테러를 조장했다는 것이다. 할리우드 폭력 영화들의 테러 장면이 테러범들의 훈련 교재 역할을 했으며, 테러범들이 영화를 보고 그 수법들을 모방한 것이라며 이제는 대량 살상이나 파괴 테러 등을 소재로 한 영화나 장면은 보여주어서는 안 된다고 하였다. 영화를 만드는 원로 감독의 이러한 발언은 깊이 생각해보아야 할 문제이다. 그러므로 폭력 영화는 우리의 생활과 정신에 미치는 영향이 그만큼 크다고 할 수 있다.

얼마 전 한국에서도 〈친구〉 영화를 40번이나 보고 똑같이 모방하여 자기를 괴롭힌 친구를 살해한 사건이 영화 속의 같은 도시에서 일어났다. 작금의 현실이 이래도 표현의 자유라며 영화를 만드는 사람들이 자율적으로 정화하지 않고 상업적인 측면만을 생각해 폭력이 난무하는 영화를 계속 만든다면 이젠 정부의 규제가 필요할 때라고 생각한다. 폭력을 소재로 한 영화가 우리 생활에 너무 깊숙이 자리잡고 있으며 테러나 폭력 장면도 날이 갈수록 잔인해지고 엽기적이다. 이미 대중들은 폭력에 길들여져 감각이 무디어지고 당연한 것처럼 받아들이고 있는 지금의 현실을 법으로라도 규제하지 않으면 또 무슨 사건이 언제 어떻게 터질지 두렵고 알 수 없다. 무섭기만 하다.

우리는 미래의 희망을 갖고 기다리기보다는 사람을 살생하는 무기 전쟁, 화학 전쟁, 세균 전쟁 등으로 치닫고 있는 오늘날의 세계 속의 도시들을 보며 두려움을 안고 살아가고 있다. 〈친구〉 영화를 보고 살인한 그 학생을 본인의 미성숙 탓으로만 돌릴 것인가. 폭력 영화는 그만큼 대중들에게 가상과 현실을 혼동하게 만들고 그로 인해 폭력이 자행되고 있는 실정이다. 그러므로 폭력 영화가 정신건강에 해를 끼친다는 사실을 애써 아니라고 부정만 할 것인지 우리 모두가 심각하게 고민해 봐야 할 일이다.

폭력은 공포와 두려움뿐만 아니라 육체적인 고통에서 정신적인 고통까지 안겨준다. 이처럼 한 인간을 파괴하는 행위를 영화라고 아름답게 미화시킬 순 없는 것이다. 우린 영화를 보며 정서적인 안정을 얻을 권리가 있다. 그런데 그 권리마저 위협받는다면 영화의 진정한 의미를 다시 새겨보아야 할 것 같다.

아주 오래된 영화이지만 〈애수〉, 〈바람과 함께 사라지다〉, 〈누구를 위하여 종을 울리나〉 등은 비록 전쟁 속의 이야기들이지만 거기에는 애틋한 사랑과 꿋꿋하게 삶을 개척하며 이겨내려는 희망이 있어 깊은 감동을 준다. 오랜 세월이 흘러도 여전히 대중에게 사랑받고 있는 영화들이다. 예술은 세월이 흘러도 변함없이 사람들에게 감동을 줄 수 있어야 한다. 감각적인 것보다 감성적인 영화가 더 생명력이 있고 영원하지 않을까.

따뜻한 아랫목을 찾아드는 이 초겨울에 삭막해져만 가는 마음을 사랑으로 꽉 채울 수 있는 한 편의 영화가 그리워진다.

제5장

데스밸리

산수가 빼어나게 아름다운 나라 한국. 어디를 가나 산과 계곡 나무들이 사계절 다양한 모습으로 우리를 행복하게 해주는 자연 환경에서 살다가 데스밸리(죽음의 계곡)에 첫발을 내딛는 순간, 지구상에 이런 곳도 있구나! 실감이 나지 않았다. 우주의 어느 한 행성에 불시착한 느낌이라고 할까. 지구 상에 따로 행성이 존재하는 것처럼 그곳은 또 다른 신천지가 펼쳐지고 있었다. 외국 여행을 하다 보면 그 나라의 자연 경관에 매력을 느껴 감탄을 하고 푹 빠지지만 언제나 되돌아오는 것은 한국의 아담하고 소박한 자연 경관이다. 그건 아마도 내가 태어나고 자라고 정이 들었기 때문이리라.

15억 년에 걸쳐 빚은 데스밸리는 수많은 분지와 분화구, 블랙홀이 한데 어우러져 멋진 장관을 이루었다. 나무 한 그루 없는 삭막

한 데스밸리이지만 다양한 색깔의 암석들로 이루어진 산과 계곡들은 자연이 만들어놓은 훌륭한 예술품이었다. 암석 사막은 물결처럼 보이는 암석들과 주름치마를 연상케 하는 암석, 연하고 부드러운 파스텔톤의 암석, 짙은 회색과 검은빛을 띠는 암석 등 다양한 빛깔의 암석들이 가히 환상적이었다. 우주를 가본 적은 없지만 달나라의 영상 장면이 상상되고 우주 영화 〈스타워즈〉가 떠올랐다.

이번 미국 서부 지역 여행은 미주 세미나 일정에 포함된 스케줄이었다. 일정 중 그랜드 캐니언이 관심을 끌기도 했지만 진짜는 데스밸리를 가보고 싶은 마음이 가장 크게 작용했다. 데스밸리는 일년 중 관광할 수 있는 날들이 그리 많지 않다는 것을 알고 있어서 더욱 매력적으로 끌렸던 것 같다. 막상 와서 보니 데스밸리는 상상 이상으로 아름다워 감흥이 절로 일어난다. 데스밸리에서 1박을 하며 그런대로 아쉬움을 달랬지만 생각 같아선 며칠 더 묵고 주변을 돌아보고 싶은 마음 또한 간절했다. 내 살아생전에 언제 다시 이곳을 찾을 수 있을까 생각하니 그곳이 더욱 소중하게 여겨졌다.

우린 모하비 사막을 달려 라스베이거스에서 하루를 묵고 브라이스 캐니언에 도착하니 그곳은 아직도 눈이 녹지 않고 그대로 있었다. 미주 지역은 넓어서 그런지 지역마다 기온차가 달랐다. 브라이스 캐니언에서 1시간 정도 산책을 하고 그곳을 떠나 그랜드 캐니언으로 이동했다. 그랜드 캐니언은 너무도 스펙터클하여 경비행기로 주변 경관을 둘러보는 것으로 만족해야 했다. 그러나 데스밸리에서는 직접 땅을 밟고 산책을 할 수 있어 그 경치에 더 매료되었다. 바람 한 점 없는 화창한 날씨가 척박한 데스밸리에서 산책하기에 아주 좋은 날이었다. 모래 언덕을 걸어도 모래흙이 날리지 않아 마음껏 주변을 둘러볼 수 있었다. 데스밸리는 상상을 초월할 만큼 아주 매혹적인 풍경이었다. 황량한 사막도 이렇게 아름다울 수 있구나 생각하니 자연이 경이롭기까지 했다.

데스밸리는 강수량이 적어 아주 건조한 지역으로 북아메리카에서 날씨가 가장 무더운 곳이다. 1년 중 37.8℃를 넘는 고온 일이 140~160일에 이른다고 하며 기온이 최고로 올라갈 때는 56℃를 기록한 적도 있다고 한다. 고도가 가장 낮은 지역은 해수면보다도 84m나 낮은 곳도 있으며, 평균 강수량은 연 50mm 미만이라고 한다. 이러한 환경 때문에 사람이 살 수 없어서 죽음의 계곡으로 불린 것은 아닌지 생각해봤다.

이처럼 열악한 환경에서도 보랏빛, 노랑, 하양, 진분홍색의 들꽃들이 피어 있었다. 우린 축복받은 것인지 사막 한가운데에서 작고 여린 꽃들을 볼 수 있음에 깊은 감동을 받았다. 일 년에 그 꽃들을 볼 수 있는 기회는 그리 흔치 않다고 한다. 그런데 우린 사막에서 야생화를 직접 만나니까 어디에서나 볼 수 있는 들꽃의 아름다움이 새롭고 귀하게 여겨졌다.

그 외에 모스키토 모래 언덕에서는 고사된 그루터기에 앉아 뒤 암산을 배경 삼아 몇몇 선생님들과 다양한 포즈를 취하며 멋진 추억을 카메라에 담았다. 암산과 어우러진 모래 언덕은 고운 모래가 부드러워 그런지 아니면 날씨가 좋아 바람이 없어서 그런지 잔잔한 모래 언덕이 아주 평온해 보였다. 우린 모스키토를 뒤로하고 소금사막으로 알려진 배드워터를 향해 출발했다.

배드워터의 소금사막은 흰 눈이 내린 것 같았다. 넓게 펼쳐진 소금바다는 흰 구름과 하얀 소금이 어우러져 한 폭의 멋진 풍경화를 만들어냈다. 자연 앞에서 인간은 순수해진다. 우린 나이도 신분도 모두 잊고 그저 동심으로 돌아간 마음으로 너나 할 것 없이 두 팔 벌려 마음껏 하늘을 향해 뛰어올랐다. 순간의 아름다운 한 장면을 포착하고자 뛰고 또 뛰고를 반복하면서 행복한 표정들은 천진난만하기 이를 데 없다. 우리가 이처럼 사소한 것에 즐거워하고 행복할 수 있는 것은 자연이 준 선물이고 일상을 벗어난 여행의 백미라고 할 수 있다. 우린 시간이 아까울 정도로 서로에게 동요되어 웃고 또 웃고 즐거운 추억들을 쌓았다.

배드워터를 산책하면서 호기심이 발동하여 진짜 소금이 맞는지 확인하고 싶어졌다. 그래서 길가의 발길이 닿지 않은 곳의 소금결정체를 찍어 먹어봤다. 무척이나 짰다. 과거에 바다가 맞긴 맞고만, 하면서 또다시 그런 모습들에 한바탕 웃으며 즐거워했다. 자연의

순수함은 인간을 원시로 돌아가게 하는 힘이 있는 것일까. 낯선 곳
에서 처음 만나는 사람과도 마음을 열어놓고 편하게 대화할 수 있
는 기회는 역시 여행만 한 것이 없는 것 같다.

보석을 찾는 마음

길 위에서
만난
톨스토이

러시아 모스크바국립대학교로 심포지엄 일정이 잡히면서 가슴이 설레었다. 나의 사춘기와 젊은 시절 온통 내 문학의 정신세계를 사로잡았던 대문호들의 생가와 무덤이 방문 일정에 포함되어 있었기 때문이다. 시공간을 떠나 그들의 문학에 심취해 있었고 세상의 비극, 즉 인간관계에서의 비극, 다시 말해 삶이 바로 고통이라는 것을 깨닫게 해준 문학이 숨 쉬는 곳이 아니었던가.

푸시킨의 "삶이 그대를 속일지라도 슬퍼하거나 노여워하지 말라/ 슬픔의 날을 참고 견디면 기쁨의 날이 오리니/ 마음은 미래에 살고 현재는 늘 슬픈 것/ 모든 것은 순간에 지나가고 지나간 것은 다시 그리워지나니……." 이 시는 우리들의 가슴에 일상어처럼 자리 잡은 시였다. 푸시킨의 아내는 너무 아름다워 그 아름다움 때문에 푸시킨의 비극은 시작된다. 그러나 푸시킨의 시는 우리에게 담담하게 삶을 인내하라고 말하고 있다. 뿐만 아니라 톨스토이, 도스토옙스키, 안톤 체호프도 내가 좋아하는 작가들이다.

19세기 러시아 문학을 대표하는 톨스토이와 도스토옙스키는 세계적으로 알려진 유명한 문호이다. 그들의 책(톨스토이의 《전쟁과 평화》, 《안나 카레리나》, 《부활》, 도스토옙스키의 《카라마조프 가의 형제들》, 《죄와 벌》, 《백치》, 《악령》)을 내가 사춘기와 이십대 때에 다 읽었다는 자부심과 함께 대문호들을 만나러 러시아로 떠났다.

인천 공항을 출국하여 9시간이 넘는 비행 시간을 견디며 러시아 모스크바에 도착하자 비가 내리고 있었다. 여름 날씨치고는 조금 쌀쌀했다. 아니 여행 내내 시원한 날씨로 걷기에도 좋았고 덥지 않아서 피곤함을 덜 느꼈던 것 같다.

러시아는 아주 매혹적인 나라였다. 이번 여행은 생각보다 많은 곳을 둘러볼 수 있었다. 모스크바의 붉은 광장, 레닌의 묘, 크렘린 궁전, 카를 마르크스 거리, 볼쇼이 극장, 성 바실리 사원의 쿠폴(다양한 색상과 화려한 색채가 일품인 양파 모양의 돔)이다. 러시아는 어디를 가나 성당 지붕의 쿠폴이 눈길을 끌었다. 우리나라의 대학로나 인사동을 연상케 하는 아르바트 거리도 볼 만했다. 아르바트 거리에는 1980년대 록 음악으로 러시아 서민들의 마음을 사로잡았던 한국계 3세인 빅토르 최를 기리는 추모의 벽이 있었다. 누군가

보석을 찾는 마음

꽃다발을 놓고 갔는지 그날 그곳에는 꽃다발이 놓여 있었다. 아르바트 거리 중간에 비록 비극으로 결혼생활이 끝났지만 푸시킨의 신혼집이 있었으며 그 집 건너편에 부부의 동상도 있었다. 모스크바에서 빼놓을 수 없는 것이 있다면 지하철을 타보는 것. 지하철의 달리는 속도가 아주 빠르고 시끄러웠다. 지하철을 타러 내려가는 에스컬레이터 역시 가파르고 빨랐다. 지하철 역의 공간들에선 미술 작품과 조각품들이 눈길을 끌었다. 지하 깊게 자리 잡은 지하철 역은 음침하고 어두울 거라는 나의 생각을 그런 이색적인 풍경이 바꿔놓았다. 그리고 개인적인 자유 시간이 여유 있게 주어져 러시아 학생의 도움을 받아 트레티야코프 미술관까지 관람하는 행운을 얻었다. 미술관에는 러시아 11세기부터 20세기 초반까지의 13만 점 이상의 작품이 소장되어 있다고 하나 다 볼 수는 없었고 유명한 화가의 그림을 위주로 둘러보았다. 그중에서도 톨스토이의 작품《안나 카레니나》의 아름다운 안나 카레니나의 그림을 잊을 수 없다.

특히 잊을 수 없는 물의 도시 상트페테르부르크는 당시 늪지대였던 그곳을 표트르 대제의 욕망으로 만든 도시답게 도시 전체의 건축물들이 운하를 둘러싸고 아름다워 예술의 도시임을 반영하였다. 게다가 세계적인 미술관으로 알려진 겨울 궁전 예르미타시 박물관과 표트르 대제의 여름 궁전의 분수 정원이 상트페테르부르크에 있었다. 박물관과 분수 정원의 화려한 경관과 웅장함이 연속 감탄을 터뜨리게 하고 눈이 황홀했다. 과거에 궁전으로 사용했을 그 장소들을 보면서 그들의 궁 생활이 얼마나 화려하고 사치스러웠을까 짐작이 갔다. 특히 표트르 대제의 여름 궁전의 분수 정원은 스웨덴과의 전쟁에서 승리를 기념하기 위해 지은 건물로, 당시 유럽 최고의 건축가와 금속 세공, 분수 전문가, 목조 조각 장인들이 모여 만든 궁전답게 넋을 뺏길 정도로 화려하고 우아하고 매력적이었다. 그래서인지 도시 전체가 유럽적인 분위기를 풍겼다.

우린 상트페테르부르크에 있는 도스토옙스키의 집을 방문했다. 그의 서재에는 그가 사망한 시각에 맞춰 시계(시곗바늘은 8시 38분, 날짜는 28일)가 멎어 있었다. 도스토옙스키는 1881년 1월28일 밤 그곳에서 사망하였다. 도스토옙스키의 소설 《카라마조프 가의 형제들》, 《죄와 벌》, 《백치》, 《악령》 등을 읽었지만, 그의 초기 작품인 《가난한 사람들》은 읽지 않았다. 《가난한 사람들》은 러시아 최초의 사회소설로서 당시 비참한 사회 상황에 대한 통찰력을 보여줬다는 평가를 받은 작품이라는 것을 이번 여행에서 알게 되었다. 또한 그의 소설 《악령》의 배경이 되었던 상트페테르부르크의 거리를 걸었다. 인간 심리 상태를 깊은 곳까지 꿰뚫어보는 도스토옙스키의 심리적 통찰력과 영혼의 어두운 부분까지 영향을 받은 상트페테르부르크에서의 거리를, 작가를 생각하며 걸었다. 꽤 늦은 시간이 었지만 백야로 해가 지지 않고 있었다.

러시아에서 보고 느낀 것은 아주 대조적이었다. 궁전이나 성당, 박물관에서 느끼는 화려한 아름다움도 있지만 수수하고 꾸밈이 없는 전원의 풍경에서 느끼는 평화로운 아름다움도 있었다. 일정 내내 마음을 사로잡았던 것은 '하늘 아래 열린 박물관'이라는 이름 으로 알려진 수즈달의 작은 마을이었다. 조용하고 아담한 전원 마 을의 풍경은 종탑에서 울려퍼지는 19개의 종을 줄을 이용하여 마 치 연주를 하듯 뿜어져 나오는 천상의 종소리와 어울려 평온하고 행복해 보였다.

그뿐이 아니다. 일정 마지막 날 들른 푸시킨 생가의 정원은 고요 하다 못해 정숙하기까지 했다. 한가하기 그지없는 정원의 나무들 사이로 비치는 햇살마저 평화롭고, 은은히 들려주는 클래식 음악 이 함께하는 공간은 여행의 피곤함을 일순간 잊게 해주었고, 낯선 이방인을 따뜻하게 맞아주었다.

그러나 이번 여행에서 가장 잊지 못할 추억으로는 길 위에서 만 나고 돌아온 톨스토이의 무덤이었다. 톨스토이는 내가 가장 좋아 하는 작가이기도 하다. 톨스토이는 1828년 9월 9일에 남러시아 툴 라 근처의 야스나야 폴랴나에서 백작의 귀족 출신으로 태어났지만 어려서 부모님을 잃고 친척집에서 자랐다. 그는 한때 방탕한 생활도 하였지만 자신이 체험한 삶과 과거 과실에 대한 반성을 통해 인류 전체의 행복을 위해 살아야 한다는 인생 최고의 목적을 실천하려고도 했다.

톨스토이는 19세기 사실주의 문학의 대가이자 소설가로 가장 유명하고 또 시인, 사상가, 종교가, 개혁가로도 알려져 있다. 톨스토이의 대표작인 《전쟁과 평화》, 《안나 카레니나》, 《부활》 등은 영화로도 성공한 유명한 작품들이다. 또한 《바보 이반》, 《사람은 무엇으로 사는가》 등의 책들도 남겼다. 또한 그의 작품들은 러시아 문학과 정치에 지대한 영향을 끼쳤다고 한다. 톨스토이의 작품세계는 '인간의 심리 분석'과 '개인과 역사 사이의 모순 분석'을 통하여 최상의 리얼리즘을 성취했다고 평가받는다. 다른 한편 톨스토이는 행동으로 실천하는 지식인으로 고향 툴라에서 농민학교를 운영하고 교과서를 직접 만들기도 하였다.

톨스토이가 1862년에 결혼한 뒤 귀향하여 48년 동안 살았다는 툴라 근처의 야스나야 폴랴나에 있는 톨스토이 영지(領地). 그곳의 자작나무 숲길과 사과나무, 호수, 그리고 그의 무덤은 더욱 내 뇌리에 깊숙이 각인되어 영원히 잊힐 것 같지 않다. 러시아 방문에서 가장 귀하게 얻은 깨달음의 시간이기도 하다. 인간의 거짓과 위선, 가식과 기만은 어느 사회에나 존재하고 신분 상승이 올라갈

수록 더욱 은밀히 진행되고 왜곡되고 있음을 알 수 있다. 작가는 이러한 형식적인 것을 거부하고 진정한 인간애로 돌아가고자 하였을까. 그의 무덤은 아무것도 없이 그저 하늘만 바라보고 있었다.

톨스토이의 영지를 들어가면 먼저 호수가 나오고 자작나무숲 오솔길을 따라 걷다 보면 사과나무 밭이 넓게 펼쳐져 있다. 그가 살아생전에 가난하고 배고픈 사람은 누구나 사과를 따 먹으라고 일부러 사과나무를 많이 심었다는 얘기도 있다.

오솔길을 걷다 보면 누군가가 말해주지 않았다면 몰랐을 풀밭 같은 작은 무덤이 나온다. 직사각형의 간소한 무덤은 잔디로 덮여 있고 말끔하게 잘 정돈되어 있다. 톨스토이 무덤은 아무것도 세우지 말고 그저 하늘만 바라보게 해달라는 그의 유언대로 하늘과 바람과 자작나무 숲과 새 소리만이 무덤을 지키고 있었다. 순간 법정 스님의 무소유가 떠올랐다. 아무것도 소유하지 않음으로써 물질로부터 진정한 자유를 얻을 수 있다는 것을……. 톨스토이 무덤이 더욱 신성하게 느껴지고 감동을 준 것은 명성에 비하여 그 흔한 묘비명도 없이 간략하게 꾸밈이 없었기 때문이리라. 사랑하는 작가 톨스토이를 길 위에서 만나고 돌아왔다.

러시아를 다녀오면서 내게 긴 여운을 남긴 것은 화려하고 너무 황홀하여 눈길을 어디에 두어야 할지 모를 궁전이나 성당이 아니었다. 수즈달의 종소리의 여운이 아직도 귓전에 맴돌고, 톨스토이의 무덤과 푸시킨의 한적한 정원이 가슴 깊이 새겨져 있다. 그곳들은 작고 아담한 정원에 나무들 사이로 비친 햇살마저도 사랑스럽고 평화로웠다. 문학과 하늘과 구름과 바람을 사랑하고 거기에 흠뻑 빠졌다 돌아온 일정이었다.

보석을 찾는 마음

샤머니즘의 성지
바이칼을 찾아서

2014년 하계, 러시아 크라스노야르스크 국립사범대학교에서 개최한 아스타피에프 90주년 한-러 국제학술 세미나에 참석하였다. 세미나도 중요하였지만 바이칼 호수를 가보고 싶은 마음이 더욱 컸던 것 같다. 7박 8일로 예정된 스케줄은 바이칼과 시베리아 중동부 지역이었다. 인천 공항에서 오후에 출발하여 북경에서 러시아 항공기를 갈아타고 크라스노야르스크 공항에 도착한 것은 다음 날 오전 8시가 다 되어서였다. 공항 출입국에서 첫 대면하는 러시아인들은 참으로 무표정하였다. 호텔로 이동하면서 창밖으로 보이는 도시의 풍광은(이르쿠츠크 포함) 회색빛에 가까웠다. 거리의 사람들 역시 무뚝뚝한 표정에 활기가 없어 보이고 대체로 어두웠다. 사회주의 국가에서 자본주의 사회로 전환한 지 얼마 되지 않아서 그런 것일까? 전체적인 분위기는 묵직하고 담담하게 다가왔다.

그런 이미지를 확 깨트린 것은 주최 측의 환대였다. 세미나가 끝나고 대강당에서 열린 러시아의 전통공연 관람은 도시의 이미지와는 정반대로 의상부터 밝고 강렬했으며 음악과 춤도 경쾌하였다.

공연이 끝나고 시정부 청사에 마련된 만찬장으로 자리를 옮겼다. 크라스노야르스크 국립사범대학교 부총장, 주 문화부장관, 러시아 작가협회대표 등의 극진한 환대에 분위기는 최고조에 달했다. 세미나장에서부터 나에게 관심을 보인 금발의 미녀 여교수님과의 만남은 초면인데도 전혀 낯설게 느껴지지 않았다. 그것은 문학이 있었기 때문에 가능했다. 러시아 문학은 젊은 시절 내게 지적 호기심과 소설에 대해 눈을 뜨게 해주었다.

한때 러시아 소설과 영화에 푹 빠져 있었던 적도 있다. 시인이자 소설가인 보리스 파스테르나크의 〈닥터 지바고〉와 톨스토이의 〈안나 카레니나〉와 〈전쟁과 평화〉 영화에 빠지고, 신비주의와 리얼리즘의 대가, 굴욕과 수치가 중요한 감정으로 작용하는 세계를 생생하게 그려낸 도스토옙스키의 《카라마조프가의 형제들》, 《죄와 벌》 등에 빠졌다. 우린 이 작품들을 이야기하면서 오래전에 인연이 있었던 것처럼 언어가 통하지 않는데도 금세 친해질 수 있었다. 물론 우리의 관계를 돈독하게 만들어준 것은 중간에 통역을 해준 러시아에 계시는 교수님과 러시아로 유학 간 한국학생들의 진정어린 케어였다. 즐겁고 기쁜 마음도 잠시 우린 다시 만날 약속을 기약하면서 헤어졌다.

호텔로 돌아와 가벼운 옷차림을 하고 조별로 예니세이 강으로 산책을 나갔다. 한국에서 유학간 학생들이 4명에 1명씩 안내와 통역을 담당해주었다. 크라스노야르스크의 기원은 1628년 안드레이 두벤스키가 300명의 코사크들을 데리고 예니세이 강 상류에 러시아 제국의 요새를 구축하면서 시작되었다. 요새는 이 지방에 많은 점토로 만든 붉은 벽돌로 지어졌기 때문에 '붉은 벽'이란 뜻의 크라스느 야르라는 이름을 얻었다고 한다. 우린 강변을 따라 산책을 했다. 러시아에서 색다름이라면 백야였다. 시간이 꽤 흐른 것 같은데도 하늘의 색깔이 바뀌질 않으니 시간 개념이 없어지고 하루가 길게 느껴졌다.

다음 날, 아스타피에프 문학관을 견학했다. 아스타피에프는 모스크바의 문예 강습소를 졸업하고 저널리스트로 활동했다. 그는 자연과 인간의 관계, 특히 개발로 인하여 자연이 파괴되어가는 실상을 르포 형식으로 썼는데,《물고기-대왕》작품 속에 인간의 오만함에 대해 경종을 울리는 대목이 눈길을 끌었다.

"자기 자신이 신이라고 오만하게 굴었던 남자가 미꾸라지에 뜯기고 흑담비에 물어뜯기어 자빠져 있다. 죽음은 삶과 달라서 자신을 속일 수도 없고 거기에서 위안을 찾을 수도 없다. 죽음은 만물에 오직 하나, 모든 것에 평등하고 아무것도 거기서 벗어날 수 없다. 그러니까 죽음에 대한 공포심이 사람의 마음에 존재하는 한, 사람은 영웅도 아니고 신도 아니며, 불에 탄 극장에서 쫓겨난 배우에 지나지 않는다."

인간을 자연의 일체로 바라보는 작가의 가치관을 엿볼 수 있으며, 나 역시 죽음에서 자유로울 수 없음을 다시금 생각하게 한다.

이르쿠츠크로 가기 위해 시베리아 횡단 열차에 몸을 실었다. 4인 1실의 침대칸이 있는 열차는 끝없이 펼쳐진 초원을 달리고 달렸다. '시베리아 벌판'이란 단어를 하도 많이 들어서 귀에 딱지가 앉을 정도였지만 그건 상상일 뿐 어느 정도인지 가늠이 되지 않았었다. 18시간을 달려도 시베리아의 벌판은 끝나지 않았다.

5일째, 바이칼 호수, 한민족의 시원지로 알려진 알혼 섬으로 출발했다. 호텔에서 버스를 타고 선착장까지 달리는 길 양옆으로 넓게 펼쳐진 초원에 방목 중인 소떼와 말들이 자연과 하나되어 아주 평화롭게 보였다. 소들은 도로 한가운데에서도 길을 비키지 않고 여유 있게 노닐고 운전자가 소들을 피해서 가야 했다. 만약에 운전자가 사고를 내면 가축 주인에게 소값을 물어주어야 하는 것이 법으로 정해져 있어 광활한 러시아 땅에서 주인이 마음 놓고 동물들을 풀어놓은 이유를 알 것 같다. 선착장에 도착해 바지선을 타고 15분쯤 지나 알혼 섬에 도착했다.

바이칼 호수는 지구 생명의 시원지로 신비스럽고 성스럽기까지

하였다. 바이는 '샤먼인 무당'을 지칭하고 칼은 '물을 담고 있는 골짜기'로 바이칼은 샤먼의 호수이다. 바이칼은 30여 개의 섬과 남북 길이가 636km 둘레가 2천km에 달하며, 폭이 넓은 곳은 80km라고 하니 그 웅장함이 호수라기보다는 거대한 내륙의 바다였다. 또한 세계에서 가장 큰 담수호로 물이 아주 차갑고 지구 상에서 가장 깨끗하고 오염되지 않은 호수로서 나이는 3천만 년 이상이라 한다. 물범, 물개, 철갑상어 등 3,500종의 동식물이 서식하고 그 중 2,500종 이상이 호수 주변에만 서식하는 자생종이며 현재도 끊임없이 새로운 종이 생겨나고 있다고 한다.

알혼 섬은 그중에서 가장 큰 섬으로 길이가 75km, 너비가 15km이다. 알혼은 부리야트어로 '메마르다'라는 뜻이고 시베리아 샤머니즘의 최고의 성소로 알려져 있다. 알혼 섬 곳곳에 샤머니즘의 성소와 성물인 형형색색의 천들이 역사를 증명하듯 바람에 흩날리고 있다. 주술적이고 신비적인 샤머니즘은 물활론적 세계관을 가지고 있다. 인간, 동물, 식물, 강물, 돌 등에 영혼이 있다고 생각한 것이다. 징기스칸이 묻혔다는 전설의 부르한 바위(샤먼 바위)는 옛날부터 사람들의 정신적, 정치적 지도자였던 샤먼들이 도를 닦는 곳이라고 한다. 또한 그곳 주변에 물결이 거센 인당수의 전설은 항해의 안정을 위해 희생물을 바쳤다는 이야기가 한국의 심청전과 비슷하였다. 알혼 섬 주변은 기암괴석들과 넓은 해변, 흰 구름과 푸른 눈의 호수가 어우러져 그 아름다움에 누군들 빠져들지 않을 수 없다.

6일째 밤, 11시가 되어서야 붉은 노을이 사라지고 어둠이 내리기 시작했다. 일정의 하이라이트 캠프파이어는 늦은 시간에 호수를 전경에 두고 진행되었다. 우린 축복을 받은 것인지 일정 내내 날씨가 좋았다. 러시아의 전통주 보드카에 기분 좋게 취하여 영혼이 맑은 러시아 여인의 노래를 들으며 샤머니즘에 깊게 천착되어 갔다.

한국의 민속촌과 비슷한 러시아 전통 가옥들, 특히 창문은 복을 부른다 하여 유난히 창문에 정성들인 민속박물관 '탈치'를 구경하고 러시아 전통사우나 '바냐'를 체험으로 일정은 모두 끝났다. '바냐'는 자작나무 숲 통나무집에서 장작을 피우고 그 위에 자갈돌들을 달구어 찬물을 끼얹으면 김이 나온다. 그 김으로 사우나를 하고 자작나무잎 말린 다발로 몸을 두드리며 피로를 풀어준다.

바이칼의 방대한 자연을 일부분만 보고 돌아와 많은 아쉬움이 남는다. 바이칼 지역민의 삶의 양태와 전통 문화, 솟대나 성황당, 샤머니즘의 전통이 우리의 삶과 비슷한 점이 많다고 하여 바이칼은 문화인류학적, 고고학적, 유전학적, 역사적, 지질학적 등 각 학계에서 다양하게 연구가 진행되는 것으로 알고 있다.

보석을 찾는 마음

북해도
겨울 여행

홋카이도의 삿포로, 시베츠, 아사히카와, 오타루, 후라노, 하코다테는 겨울과 여름 두 번이나 방문을 하였다. 홋카이도는 겨울은 겨울대로 여름은 여름대로 이색적인 풍광이 사람의 마음을 움직인다. 겨울은 설야(雪野)로 볼 수 있는 경치가 한정되어 있다면 여름은 겨울에 보지 못한 풍경을 볼 수 있어서 색다른 의미로 다가왔다. 특히 후라노 팜 도미타(허브 농장)의 푸른 초원이 겨울과 대비되며 신선한 정취가 감성을 자극한다.

지난해 겨울, 시베츠에 살고 계시는 교수님 지인의 초대를 받아 이루어진 겨울 여행.

교수님과 시인, 평론가, 동화작가 등 여덟 명이 함께 떠난 여행이었다. 첫날은 삿포로에서 묵고 다음 날 시베츠로 떠났다. 시베츠의 눈은 내린다기보다는 하염없이 쏟아지고 있었다. 도로 갓길에 쌓인 눈은 사람의 키보다 높다. 태어나 처음으로 가장 많은 눈을 본 것 같다. 앞이 보이지 않게 내리는 눈발, 1미터 넘게 쌓인 눈길, 지붕만 뾰족이 보이는 집들, 키 큰 자작나무 숲에 걸려 있는 희미한 달은 어둠을 더욱 어둡게 하였다. 홋카이도는 눈이 많이 올 때는 며칠씩 내리기도 한다. 사방 어디를 둘러보아도 온통 눈세상이다. 그래서인지 도로는 한산하여 가끔씩 자동차를 만날 수 있었다. 차창 밖으로 보이는 집들과 들판은 눈발에 가려 희미하게 보이고, 끝없이 펼쳐진 설원은 하얀 나라가 있다면 아마도 이럴 것 같다는 생각이 들었다. 이따금 지붕에 수북이 쌓인 눈을 보면 금세라도 지붕이 내려앉을 것만 같아 마음이 조마조마하였다.

시베츠에 도착하여 우리가 묵은 하우스는 50년 된 가옥이었다. 2층으로 된 집은 깔끔하게 잘 정리되어 있었다. 우리의 도착 시간에 맞춰 초대해주신 선생님의 남편분이 난방이며 저녁식사까지 준비를 해놓고 기다리셨다. 첫날은 호텔에서 묵었는데 개인 사옥에서 묵게 돼서 반가웠다. 난 여행을 할때면 그 지역 사람들이 살고 있는 가정집이 궁금하다. 그들의 생활 방식이 궁금하고 그들의 사적인 삶의 모습이 보고 싶다. 그래서 잔뜩 기대되고 이웃집들도 궁금했다. 겨울엔 눈 때문에 이웃집의 처마 밑까지 내려온 눈밖에 보이지 않았던 모습들이 여름에 다시 보니 아담한 집들이 담도 없이 소박했다.

초대해주신 부부의 넘치는 환대와 처음부터 끝까지 운전을 해주시고 모든 일정을 케어해주신 고모부의 지극하신 성의에 황송하였다. 그래서 여행이 더욱 즐겁고 짧은 일정이 아쉬웠다. 운전해주신 분에게는 죄송했지만 우린 새로운 환경에 빨리 적응하여 눈의 세계를 즐기고 있었다. 이동하는 동안 지루할 틈도 없이 돌아가며 노래 부르고 게임하고 이야기보따리를 쉴 새 없이 풀어놓아 웃음이 끊이지 않았다. 첫날부터 시작된 웃음은 시종일관 마지막 날까지 친분을 쌓으며 환한 미소로 헤어졌다.

우리는 삿포로와 시베츠, 아사히카와, 오타루 일대를 주로 둘러보았다. 오츠크 해에서 쇄빙선 승선을 체험하고 유리공예와 운하로 유명한 오타루를 관광했다. 오타루에서는 167개의 석유램프로 실내장식이 된 찻집에서 낭만적인 분위기에 압도되어 마시는 차는 일미였다. 그리고 자연이 잘 보존된 아사히야마 동물원 구경은 설경과 어우러진 동물들의 겨울나기와 펭귄들의 산책과 북극곰을 유리벽 사이로 마주보며 구경하는 즐거움이 있었다. 홋카이도 대학의 천문관을 방문하여 별들의 세계 우주 공간을 만화 스토리처럼 만든 영화를 좌석에 비스듬히 누워 천장에서 펼쳐지는 화면을 통해 관람하였다. 일정 중 가장 잊을 수 없는 것은 아사히카와를 방문한 것. 거긴 《빙점(氷點)》의 작가로 유명한 미우라 아야코의 기념문학관이 있었기 때문이리라.

《빙점》은 젊었을 때 읽은 소설이다. 정확하지는 않지만 소설의 스토리가 당시 다소 충격적으로 받아들여졌던 것 같다. 병원을 운영하는 남편과 아내는 남매를 두고 겉으로 보기에는 평범하고 모범적인 가정이다. 남편이 출장을 떠난 뒤 아내가 남편의 동료와 불륜을 저지르는 그 시간에 딸이 유괴되어 살해당한다. 남편은 그 사실을 알고 아내에게 복수하려고 살인자의 딸을 아내 몰래 입양을 한다. 아내는 그것도 모르고 입양된 딸을 잘 키운다. 그러나 어느 날 남편의 의도된 입양 사실을 알고 아내는 살인자의 딸을 그동안 키우고 있었다는 사실에 충격을 받는다. 아내는 그때부터 양딸을 미워하고 괴롭힌다. 양딸 역시 자신이 살인자의 딸이라는 것을 알고 괴로워 자살을 시도하다 혼수상태에 빠진다. 소설의 반전은 마지막에 있다. 가족 모두가 양딸이 살인자의 딸인 줄 알았지만 그녀는 살인자의 딸이 아니었다. 소설은 흥미를 느낄 정도로 재미있게 잘 읽혔다. 인간의 원죄에 대한 내면 의식이 잘 드러나고, 오해와 편견이 인간의 나약한 감정이나 심리에 얼마나 무섭게 작용하는지 잘 보여주고 있다.

문학관 입구 나무에 미우라 아야코의 기념문학관의 푯말이 박혀 있다. 그곳은 자연 휴양림 지역으로 자작나무 숲이 유명하고 비에이 강가의 숲속 산책도 즐길 만한 장소였다. 겨울엔 많은 눈 때문에 강둑에서 한없이 펼쳐진 둑길의 눈을 바라보며 발자국을 남기는 것으로 만족했다. 그러나 여름에 방문했을 때는 강가를 산책하였다. 《빙점》의 무대가 되었던 아사히카와 시는 작가가 살았던 고향으로 자작나무 숲, 비에이 강, 많은 눈이 아주 인상적이었다. 소설 《빙점》에서 주인공 요코가 산책하던 자연 휴양림과 요코가 자살을 시도했던 비에이 강가를 둘러보며 소설을 읽어서 그런지 더 정감 있게 느껴졌다. 아사히카와 시의 자연 환경은 작가가 영감을 얻는 데 많은 도움을 주고, 《빙점》을 탄생시킨 배경이 되었던 자작나무 숲과 비에이 강은 소설에 많은 영향을 끼쳤다고 한다.

마지막 날 조잔케이로 가기 위해 시베츠 기차역에서 기차를 기다렸다. 펑펑 쏟아지는 눈발을 헤치고 증기기관차가 기적 소리를 울리며 도착하였다. 그 모습이 어린 시절의 향수를 불러온다. 아스라이 떠오르는 추억을 되새기며 기차가 달리는 동안 끝없이 펼쳐진 눈 덮인 지평선을 바라보며 시베츠를 떠나왔다.

신두리
사구포구

　태안 반도로 문학의 영감을 얻으러 새벽같이 일어나 청정한 마음으로 목욕재계하고 길을 나섰다. 비가 온다고 우산을 준비하라는 일기예보도 그런 마음을 읽었는지 날씨는 너무도 청명하였다. 풍신(風神)이 도와준 건가? 태안에 도착하여 그곳의 특산물인 간장게장과 우럭젓국으로 식사를 하며 옛사람들의 체취를 느껴본다. 우럭젓국은 처음 먹는 음식으로 맛이 담백하고 구수하여 입맛을 돋우었다. 음식은 그 고장 사람들의 생활을 알게 하고 전통으로 이어오는 삶의 연속선 같은 것이다.

　낯설지 않은 길, 듬성듬성 인가가 있는 어촌 마을, 폭이 좁은 에움길을 달려 신두리 사구포구에서 발길을 멈추었다. 충청남도 태안에 위치한 신두리 해안사구는 오랜 세월을 거쳐 만들어진 모래

보석을 찾는 마음

언덕이다. 태안의 해양국립공원 대부분이 사구 지역이었지만 많은 곳의 모래가 채취되어 신두리만 천연기념물로 지정되어 보호되고 있다. 신두리 해안은 강한 북서풍의 영향으로 사구가 형성되기에 좋은 조건을 지니고 있다고 한다. 해풍이 만들어낸 물결처럼 퍼져 있는 사구는 사막의 어느 모래 언덕을 보는 것 같다. 해안 주변은 해송이 빙 둘러져 있고 소나무 숲길을 따라 걸으면 작은 해변들이 계속 이어져 있다.

신두리는 아직 개발되지 않아 해변이 자연 그대로 있어서 아름다운 그 모습에 감탄했다. 우리가 방문한 시기가 이른 봄철이기도 하지만 무엇보다 상업적인 시설이 많지 않아 조용하고 한적한 해변에 마음이 이끌렸다. 백사장에 가까이 갈수록 갈대숲들이 모래와 더불어 한가로이 누워 있다. 해안가의 길은 완만하고 평탄하여 가족 단위로 산책하기에는 아주 적합하였다. 갈대숲 길을 지나 백사장으로 걸어가니 꽃샘바람도 잠재우고 부드러운 해풍이 엷은 안개에 싸여 마중 나왔다. 봄 꽃샘바람은 매섭고 변덕스럽기로 유명한데 바람신(風神)이 도와주었는지 중무장하고 나선 나그네를 무색하게 할 정도로 바다의 햇살이 따뜻하여 웃옷을 벗게 만들었다.

바닷가에는 유구한 세월을 거쳐 왔을 해안의 검고 납작한 돌들이 햇빛을 받아 반짝반짝 눈이 부셨다. 해무와 동무하여 걷는 백사장은 모래의 입자가 아주 고와서 체에 받쳐 흩뿌려놓은 것 같다.

모래가 얼마나 부드러운지 맨발로 달려보고 싶은 강한 충동을 느꼈다. 푸른 바다는 파도도 잔잔하여 끝없이 펼쳐진 수평선이 한눈에 들어왔다. 바닷물이 어찌나 맑고 맑은지 여름이었다면 풍덩 하고 바다에 뛰어들어 수영을 했을 것이다. 수면 또한 깊지 않아 아이들이 놀기에도 안성맞춤이었다.

물이 빠져나간 해변에는 한 폭의 아름다운 풍경화가 그려져 있다. 그것은 바람과 해수와 조개, 게 등이 만들어놓은 환상적인 무늬들이었다. 실처럼 가는 길, 둥근 원을 그린 원길, 조개들의 크기만큼 무게만큼 비례하여 여러 가지 모양으로 길을 만들어놓았다. 또한 바람의 세기에 비례하는지 파도의 높이에 비례하는지 잘은 모르지만 파도처럼 생긴 물웅덩이가 넓은 해변에 펼쳐져 있어 해변의 운치를 한껏 돋보이게 하였다. 그런가 하면 잔가지들이 뻗어나간 나무 밑동이 있는 나무처럼 생긴 무늬는 산을 옮겨놓은 것 같았다. 자연의 아름다움이란 언제 보아도 감탄사를 연발하게 한다.

먼 길을 한달음에 달려온 보람이 있었다. 아마도 해신(海神)이 도와준 것일까! 그러니까 이른 봄에 바람도 잔잔하고 햇볕 또한 따뜻하여 나, 여기서 지금! 마음의 평화를 얻고 있다면 이곳이 바로 천국이 아닐까? 거기다 같은 정서로 같은 동질감을 갖고 함께한 학우와 한담을(閑談)나누며 걷는 해안 길은 그동안 삶에 지친심신을 위로하여 주었다. 바다는 그렇게 태초 때부터 있어 온 것처럼 웅장하고 유연하게 자애로운 모습으로 먼 길을 달려온 우리네를 포근하게 감싸 안아주었다.

여기서 옛시조 한편을 떠올려본다. 퇴계 이황의 "고인(古人)도 날 못 보고 나도 고인(古人) 못 뵈, 고인을 못봐도 녜던 길 앞에 있네. 녜던 길 앞에 있거니 아니녜고 어쩔꼬." "옛 성현도 날 못 보고 나도 옛 성현 못 뵈었지만 옛 성현은 못 뵈어도 성현들이 행하던 일 앞에 있는데 아니 행하면 어쩔거냐." 굽이쳐온 세월만큼 옛모습은 달라져 있을지라도 하늘이 열리고 바다가 열리고 산천이 생기고 길들이 하나둘 늘어감에 그 길 따라 함께하였을 선인(先人)들이여! 나, 여기 당신들을 만나러 왔다. 당신들의 전통이 없었다면 아마도 우리의 삶은 불안했을 것이다. 바다를 생명의 젖줄이라 부르는 것은 조상들뿐만 아니라 현재까지도 우리는 바다에서 삶에 필요한 것들을 헤아릴 수 없이 얻어내고 있다.

영감을 얻으러 왔다가 해변 경치에 푹 빠졌다. 여행을 하다 보면 다시 찾고 싶은 여행지가 있다. 그런가 하면 다시는 가고 싶지 않은 여행지도 있는데, 그것은 누구와 얼마만큼 좋은 추억을 만드는가에 따라 달라지기도 한다. 그러나 여행지 자체가 아름다운 곳은 오랜 세월이 흘러도 그리움과 추억으로 남아 있어 언젠가 꼭 다시 찾게 된다. 그런 의미에서 신두리는 가족과 함께 연인과 함께 데이트 장소로 적극 추천하고 싶은 곳이 되었다.

도시에서 찌든 삶의 무게를 바다와 숲과 해무와 해풍, 그리고 사구가 어우러진 이곳 신두리에서 모두 내려놓고 잠시라도 자연과 함께 노닐다 보면 에너지가 샘솟아날 것 같다.

DMZ를
다녀오다

DMZ(비무장지대) 꼭 한번 가보고 싶었다. 늘 그곳은 어떤 상태일까 궁금했고 상상만 하다가 'DMZ 평화적 이용 방안 워크숍'에 참여하게 되었다. 주체는 통일연구원과 단국대학교 문예창작학과 DMZ생태연구소가 합동으로 답사를 다녀왔다. 우리가 간 지역은 강원도 철원 DMZ 접경 지역이었다.

남북간 군사분계선 이남 10km 범위 내에는 민간인의 출입을 통제하기 위해 만든 민간인 통제 구역(민통선)이 있다. 민간인 통제 구역에는 보이지 않는 심리적 물리적 간극이 있다는 것을 처음 알았다. 군, 관, 민이라는 사회적 역할 때문에 그에 따른 입장의 차이와 생각의 차이를 안은 채 그들이 살고 있다는 것을 알게 된 것이다. 그동안 일반인들은 DMZ 접경 지역에 대하여 무관심하였고 경계 밖으로 생각하였던 것 같다.

버스가 철원 평야를 달리자 한여름의 뜨거운 햇살 아래 들판은
초록 융단을 깔아놓은 것처럼 온통 초록빛 바다였다. 초록색이 가
져다주는 시원함과 잘 익어가고 있는 벼들의 풍경에서 풍성한 여
유로움이 느껴졌다. 그러나 비무장지대로 깊이 들어갈수록 잦은
초소에서 군인들이 근무하는 것을 보니 평화로움 속에서 긴장감
이 느껴졌다. DMZ 접경 지역의 자연은 그대로 잘 보존되어 있다.
다만 분단의 벽이 사람을 의심하고 신뢰하지 못하는 슬픈 역사를
지닌 채 아직도 경계선을 두고 있다는 생각에 이르자 왠지 모를 슬
픔과 서글픔이 밀려왔다. 접경 지역을 둘러싸고 있는 주변의 산들
은 높은 산이 없고 야트막한 산들이다. 6·25전쟁이 얼마나 처참하
고 치열했는지 산들은 전쟁과 관련된 이름들을 가지고 있다. 그동
안 이름들은 들어서 어렴풋이 전쟁이 어떠했는지 상상만 했을 뿐
피부에 와닿지는 않았다. 하지만 여기와 자세한 설명을 들으니 전
쟁의 참혹한 현상에 가슴이 미어진다. 백마고지, 피의 능선, 김일성
고지 등 그중 능선이 없이 평평하게 된 산이 하나 있었는데 그 산
이 그 유명한 백마고지(白馬高地)였다. 백마고지는 전투 중 포격
으로 인하여 고지의 해발이 낮아지고 그 형태가 바뀌어 백마와 같
다 하여 백마고지로 불리게 되었다고 한다.

6·25전쟁 중 가장 치열한 격전지였던 백마고지 전투는 국군 제9사단과 중공군 제38군이 철원 서북방 395고지를 빼앗기 위해 벌인 전투였다. 특히 395고지는 서울로 통하는 국군의 주요 보급로로 매우 중요했기 때문에 철원 평야를 꼭 사수해야 하는 중요한 요충지였다. 이 전투를 벌인 1952년 10월 6일부터 15일까지 10일 동안 고지의 주인이 24번이나 바뀌었다고 하니, 하루에도 몇 번씩 고지를 뺏고 뺏기는 상황을 상상하니 어떠했을지 짐작이 간다. 백마고지 전투가 얼마나 치열했는지 10일 동안에 사망자만 해도 중공군 1만 4,389명, 국군 3,146명이라고 한다. 이 땅에서 다시는 이 같은 전쟁의 비극이 없기를 간절히 소원한다. 또한 수많은 사람의 목숨을 앗아간 '피의 능선'이라고 불리는 능선을 등지고 버스는 평화전망대에서 멈추었다. 백마고지와 피의 능선에 대한 해설을 듣고 당시 조국을 위해 목숨을 바친 그분들의 숭고한 정신과 희생에 애도의 뜻을 표한다.

'평화전망대'에서 바라본 북쪽은 금방이라도 달려가면 그곳에 닿을 수 있을 것 같다. 이념이 뭔지 사상이 뭔지. 왜! 이 땅은 둘로 갈라져 다가갈 수 없는 먼 곳이 되었을까. 가슴이 답답하다. 전쟁이 없는 평화를 꿈꾸는 세상이 잘못된 것일까. 희망이 없는 꿈을 꾸는 것일까. 여러 가지 착잡한 심정으로 수많은 지뢰가 깔려 있는 DMZ 접경 지역을 바라보며 해답을 찾고 싶다.

올해로 정전 60년이 되자 정부, 민간, 학회 등에서 다양한 행사들이 줄지어 이어졌다. 그중에서도 가장 핵심적으로 떠오른 것은 박근혜 대통령이 선언한 비무장지대에 '세계평화공원'을 만들겠다는 의지일 것이다. 만약에 남북의 협력으로 평화공원이 조성되어 이 땅에서 전쟁이 사라지고 통일이 된다면 6·25 때 전사한 수많은 영혼들의 죽음이 헛되지 않으리라. 북한 역시 개성공단 문제가 잘 풀리면 긍정적으로 검토하겠다는 반응을 조금씩 내비쳤다. 어쩌면 분단을 맺고 있는 당사자끼리 합의에 따라 '세계평화공원'을 조성한다면 한반도의 평화와 통일의 출발점으로 계기가 되지 않을까 조심스럽게 생각해봤다. 국제 사회에서도 '세계평화공원'은 단순하게 한반도 문제만이 아니라는 것이다. 세계평화공원이 전 지구적으로 전쟁이 없는 평화의 상징적인 공원이 된다면 많은 나라의 관심과 참여를 이끌어낼 수 있고 관광자원으로도 활용성이 높을 것으로 예상된다고 한다. 세계평화공원 조성으로 남북이 함께 협력하여 지역발전 활성화, 생태계 보전, 역사적 가치, 문화 교류, 관광 상품 개발 등 다양한 효과를 가져 올 수만 있다면 얼마나 좋을지……. 상상이 아닌 현실이 되기를 기대해본다.

그러나 현재 남북의 경색 속에서 과연 실현 가능할까 회의적인 시선도 만만치 않다. 그동안 북한의 행태를 보면 신뢰가 가지 않는다는 우려를 나타내는 사람들도 적지 않다. 또한 생태계의 파괴를 걱정하는 사람도 적지 않으며 무엇보다 지자체의 경쟁을 우려하는 목소리가 높다. 다른 한편으로는 지뢰를 제거하여 북한에게 남침 도발의 기회를 준다는 극단적인 목소리도 있다. 다양한 생각을 가진 사람들에게 믿음과 신뢰를 줄 수 있는 청사진이 나와야 될 것이며, 그보다 필요한 것은 국민적 합의가 먼저 이루어져야 할 것이다.

돌아오는 길에 월정리역에 들렀다. 월정리역에 정차되어 있는 녹슨 기차를 바라보며 '철마는 달리고 싶다'의 문구가 '철마는 힘차게 달리고 있다'로 바뀌어졌으면 하는 희망도 가져본다.

추억의 통영을
다시 찾아서

제8회 수필문학 심포지엄 장소가 통영시(구 충무)로 결정되었다
는 초청장이 왔다. 초청장을 받는 순간 이십대 때 여름휴가를 통영
과 사량도에서 보낸 아름다운 시간들이 떠올라 망설이지 않고 바
로 신청을 했다. 한 번쯤 다시 가보고 싶은 곳이다.

드디어 통영으로 떠나는 날. 거의 뜬눈으로 밤을 지새우며 새벽
5시에 일어나 흥분된 마음으로 서둘러 집을 나섰다. 결혼 11년 만
에 처음 가족과 떨어져 혼자 여행을 떠나는 설레는 마음과 친한 문
우들과의 동행에 잔뜩 기대를 하며 출발했다.

전국에서 모이는 수필가들의 모임이다 보니 '우리문학회'는 소
속감과 일체감을 갖자는 의미에서 단체로 하얀색 티셔츠를 맞춰
입었다. 티셔츠 덕분에 다른 회원들의 부러움과 시선을 받으며 '백

조'라는 싫지 않은 별명도 얻었다.

1차 집결지에 도착하니 많은 회원들이 나와 있었다. 안면이 있는 선생님들께서 반갑게 맞아주셨다. 우린 이름표를 받아 달고 3호차에 배정을 받았다. 3호차는 우리문학회 외에 다른 문학회 선생님들과 동승을 하였다. 8시를 조금 지나 차가 출발하자 K교수님의 간단한 인사 말씀과 더불어 앞에서부터 차례대로 자기소개와 장기자랑이 있었다. 어느 분은 시낭송을, 어느 분은 하모니카 연주를, 어느 분은 노래를 구성지게 불렀다. 정지용의 시 〈향수〉를 멋지게 노래하신 선생님이 아주 인상적이었다. 어쩜 그리도 노래를 잘하시는지 부럽기도 했다. 7시간이라는 긴 시간이 지루한 줄 모르게 지나갔다. 오후 4시경 통영문화회관에 도착했다.

예정보다 시간이 지체되어 곧바로 세미나에 들어갔다. 주제는 '바다를 주제로 한 수필'이었다. 장시간 차 속에 있어서 피곤하고 지칠 만도 하건만 모두가 또랑또랑 빛나는 눈으로 메모까지 해가며 문학에 대한 열정을 꽃피웠다. 세미나가 끝나고 분수 옆 만찬장으로 자리를 옮겼다. 뷔페식으로 정갈하게 준비된 음식들이 식욕을 돋우었다. 바다를 붉게 물들인 황금빛 노을이 분수와 함께 한여름 밤의 더위를 잊게 해주었다. 은은히 흐르는 클래식 음악에 취하여 시간 가는 줄 몰랐다. 간간이 불어오는 바닷바람이 통영의 밤을 더욱 낭만적으로 만들었다.

바다가 한눈에 들어오는 숙소에 여정을 풀었다. 우리가 축제장으로 향할 때는 어둠이 짙게 깔리고 네온사인과 붐비는 사람들로 거리는 활기찼다. 낯선 곳에서 모이는 장소를 찾지 못해 미로 속을 헤매다 모래사장으로 가보니 여흥이 한창 진행 중이었다. 드디어 캠프파이어가 시작되고 쌓아놓은 장작에 불을 붙였다. 불이 활활 타오르자 회원들은 손을 잡고 둥근 원을 그리며 하나가 되었으며, 축제가 절정에 이르자 부끄러운 줄도 모르고 문우들과 어울려 어둠을 핑계 삼아 덩실덩실 춤을 추었다. 그렇게 밤은 깊어가고 우린 우정을 쌓고 통영에서 또 다른 추억을 만들었다.

예전에 통영과 사량도에서 보낸 3박 4일의 여름휴가는 잊지 못할 추억으로 남아 있다. 그해 여름 6명의 친구들과 휴가를 보내게 되었다. 6명 중 4명은 사량도가 고향이었다. 나만 서울에서 출발하였고 부산 마산 통영에서 생활하는 친구들이 모두 합류를 하였다. 통영에서 배를 기다리는 동안 거센 비바람이 불어 처음 타보는 배가 무섭고 두려웠다. 내가 배타기를 거부하자 친구들이 어린애 달래듯이 가까스로 배에 태웠다. 비는 주룩주룩 내리고 바람까지 세차게 부는데도 친구들은 갑판 위에서 떠들며 즐거워했다. 나는 선실에 웅크리고 앉아 친구들이 나오라고 성화를 하는데도 무서워서 꼼짝할 수 없었다. 결국 그들의 손에 이끌려 갑판 위로 나왔지만 속이 울렁거리고 심한 뱃멀미로 정신을 차릴 수 없었다.

보석을 찾는 마음

사랑도에 도착하니 언제 연락이 되었는지 친구들의 동창이라
는 남자친구들이 봉고차를 가지고 우리를 기다리고 있었다. 그 친
구들은 해안경비대원들이었다. 섬을 구경시켜준다는 봉고차는 문
짝도 없었다. 급하게 배 시간에 맞추느라 미처 수리를 못했다고 한
다. 우린 문짝도 없는 차 안에서 우산을 쓰고 섬을 일주하였다. 끊
임없이 퍼붓는 빗줄기가 야속하기도 했다. 물안개가 바다와 섬 전
체를 뒤덮고 있었다. 구불구불한 산길을 따라 절벽 위를 달릴 때는
오금이 저리고 간이 콩알만 해졌다. 금방이라도 낭떠러지로 떨어
질 것만 같아 가슴 졸이고 있는데 섬 가시내들인 친구들은 마냥 좋
다고 깔깔대며 웃어댄다. 친구들이 섬 일주 소감을 묻는데 눈을 감
아서 모르겠다고 하자 또 한바탕 웃어댄다. 아마도 물에 빠진 생쥐
모습으로 잔뜩 겁에 질린 내 표정을 생각하니 나도 덩달아 웃음이
나왔다.

　다음 날 언제 그랬냐는 듯 맑게 갠 푸른 하늘과 쪽빛바다가 아
름답다 못해 신비롭기까지 했다. 사람들이 많이 찾지 않는 사랑도
는 아담한 섬으로 넓은 바다 한가운데 한 폭의 수채화를 그려놓은
것 같다. 언덕 위에 올라 주변을 둘러보니 크고 작은 섬들이 즐비
하고 언덕에서 한가로이 풀을 뜯는 흑염소들이 평화롭기 그지없
었다. 아름다운 섬에서 태어난 친구들이 부러웠다. 우린 낮에 배를
타고 바다로 나가 생선을 잡아 즉석에서 회쳐 초고추장에 찍어 먹

었다. 쫄깃쫄깃한 육질이 고소하고 달큼했다. 지금껏 그때 먹은 회 맛을 그 어디에서도 느낄 수 없다. 또 밀물 시간에 바닷가에서 라면을 끓이는데 어찌나 물이 빨리 차오르는지 미처 라면을 끓이지도 못하고 피해 가면서도 우린 그저 웃을 수밖에 없었다.

밤엔 칠흑 같은 어둠을 틈타 친구들과 동창들이 배를 타고 사람이 살지 않는 작은 섬으로 갔다. 어디가 어딘지 지척을 분간하기 힘든 밤바다는 별들이 조명이 되어주고, 우리는 파도소리에 맞춰 목청이 터져라 노래를 불렀다. 섬에 도착하자 언제 준비했는지 카세트까지 완벽하게 갖춰 있었고, 우리는 어둠을 무기로 밤새도록 춤을 추고 새벽녘까지 놀았다. 여행이란 누구와 어떻게 시간을 보내느냐에 따라 긴 여운이 남는 것 같다. 친구 부모님의 따뜻한 배려와 동창들의 친절하고 세심한 배려는 영원히 내 가슴속에서 추억으로 새록새록 떠오른다.

통영에서의 하룻밤은 문우들과 새로운 추억 만들기에 부족함이 없었다. 다음 날 산양 곳곳을 드라이브 한 후 선생님들과 아쉬운 작별을 고했다. 돌아오는 내내 통영의 바다가 다시 그리웠다.

보석을 찾는 마음

다이어트
휴가

　　매년 휴가철이면 가족이나 친구들이 동행하는 여행을 하였다. 그러다 보니 그 지역의 유명한 관광지나 명승지, 역사적으로 유서 깊은 곳을 그냥 지나치기가 다반사였다. 그래서 이번 휴가는 다른 사람은 다 빼고 둘만 가기로 색다른 계획을 짰다. 최소한의 경비로 최대의 효과를 누릴 수 있는 방법, 그것은 꼭 경비만을 뜻하는 것은 아니었다. 휴가 날짜가 매년 8월 1일~8월 5일로 성수기라 도로에서 시간을 허비하고 관광지에서 바가지요금에 숙박비까지 더블로 내야 하는 경우가 허다했다. 이 모든 문제를 해결할 수 있는 계획으로 먼저 바리바리 준비했던 음식물들을 다 빼버리고 숙박도 예약하지 않았다. 가벼운 옷가방 하나와 지도, 약간의 현금, 카드 한 장이 전부였다. 잠은 피곤하면 차에서 쪽잠을 자거나 사우나에서 잘 생각이었다. 밤늦게 숙소에 들어가 겨우 잠만 자고 나오는데 숙박비를 평소의 두 배 가까이 지불하는 것이 아깝기도 하지만 소음과 인파로 북적대는 장소를 피하기 위해서였다. 여행 일정은 여수와 남해바다를 돌아 거제도로 정했다. 그저 발길 닿는 대로 일정에 쫓기지 않고 여유 시간을 가지는 것이 가장 큰 목적이다.

우리는 혼잡한 시간을 피해 새벽 3시에 집을 나섰다. 길은 밀리지 않았다. 졸릴 때는 휴게소에서 잠깐 눈을 붙이고 다시 출발하였다. 여수 자산공원에 도착하니 오전 7시. 자산공원은 여수시 종화동 북쪽에 있는 자산 일대에 조성된 시립공원으로 충무공 동상과 팔각정·충혼탑 등이 있다. 전망대에 올라가니 여수 시가지와 오동도·한려해상국립공원·여수항이 내려다보였다. 2012년 여수세계박람회를 앞두고 2010년 8월 완공을 목표로 제2 돌산대교 건설이 한창 진행 중이었다. 우린 충무정 앞에 주차를 한 뒤, 공원 뒤쪽 오솔길을 따라 내려가니 팔각정이 나왔다. 그곳을 지나 다시 오솔길로 접어들면 어디에서든 동백나무를 볼 수 있다. 가파른 계단을 다 내려가면 방파제로 육지와 연결되어 있는 오동도가 보인다.

오동도는 멀리서 볼 때 마치 오동잎처럼 보이고, 오동나무가 빽빽이 들어서 있다 하여 오동도라 했다고 한다. 섬은 완만한 구릉을 이루고 있고 해안은 대부분 암석이다. 섬 전체에 대나무가 유난히 많이 자생하고 있어 죽도라고도 부르며, 동백나무·신이대나무·

후박나무·예덕나무 등 총 193종의 수목이 자라고 있다. 이 섬은 임진왜란 당시 수군 연병장으로 이용되었으며, 당시 이순신 장군이 신이대나무로 화살을 만들어 10만여 명의 왜군을 물리쳤다고도 한다.

오동도를 관광하고 여수 여객선터미널 앞에 있는 식당에서 이곳 특산물인 서대회와 금풍생이구이로 식사를 한 뒤 돌산읍으로 발길을 돌렸다. 돌산대교를 지나 돌산읍 군내리에 도착하니 비릿한 바다내음도 화창한 날씨 때문에 상쾌하게 느껴졌다. 한낮에 정박해 있는 어선들, 구름 한 점 없는 푸른 하늘빛, 작고 조용한 항구는 바람도 일지 않아 잔잔한 물결이 호수와 같다. 마을의 돌산향교와 보존이 잘되어 있는 동헌 뜰의 200년 된 느티나무를 둘러본후 해안도로를 드라이브하고 향일암으로 향했다. 향일암 가는 왕복 차선은 정체가 심하여 중간쯤에 차를 주차시키고 셔틀버스로 이동했다. 향일암 입구에서 암자까지 가파른 계단을 올라가니 암자 근처에 집채만 한 거대한 바위 두 개가 앞을 가로막았다. 그 사이로 난 석문을 통과해 겨우 한 사람이 지나갈 정도로 작은 통로를 지나 다시 오르니 대웅전, 삼성각, 관음전, 종각 등이 나왔다. 향일암은 초기에 기암절벽 위에 지어진 암자였으나 지금은 사찰의 면모를 갖추었다. 사람들은 관음전 뒤편 큰 바위에 동전을 붙이거나 조그만 거북 모양 조각품의 등이나 머리에 동전을 올려놓으며 소원을 빌었다.

 '해를 향한 암자'라는 뜻의 향일암은 전국 4대 관음기도처 중의 한곳으로 백제 의자왕 4년 신라의 원효대사가 창건하여 원통암이라 불렸다. 고려 광종 9년에 윤필거사가 금오암으로, 조선 숙종 41년에 인묵대사가 향일암이라 개칭했다. 특히 매년 12월 31일~1월 1일에는 향일암 일출제가 열리고 있어 전국의 관광객들이 몰려 '해맞이 명소'로도 유명하다. 향일암을 둘러보고 나니 셔틀버스 막차가 끊겨 우린 끝없이 펼쳐진 남해의 수평선을 바라보며 걸었다. 길옆으로 동백나무, 아왜나무, 자귀나무 등 열대식물들이 시원한 바닷바람과 함께 하루의 피로를 덜어주었다. 우리가 빡빡한 일정을 하루에 다 소화할 수 있었던 것은 팬션(쌍둥이 흙집)을 운영하고 있는 주인장께서(여수의 토박이) 관광지와 맛집 등을 자세히 소개해준 덕택이다. 그분의 친절과 훈훈한 인심 때문에 돌아오는 길에 잠깐 들러 차 한 잔으로 인사를 대신하고 아쉬움을 뒤로한 채 여수 시내로 발길을 돌렸다.

 저녁은 근사하게 먹으려고 여수 시내에서 유명하다는 '자산어보'집으로 정하였는데, 15분이면 건널 수 있는 돌산대교를 길이 밀려 2시간이나 걸려 자산어보에 도착하니 이미 영업이 끝났다. 할 수 없이 근처 식당에서 콩나물국밥과 모주로 식사를 하였지만 시장이 입맛이라고 정말 맛있게 먹었다. 식당주인이 새로 지은 깨끗

보석을 찾는 마음

한 모텔을 소개해주어 호텔의 오 분의 일 가격으로 하룻밤을 유숙했다.

다음 날 오전 6시에 기상하여 돌산대교를 다시 건너 돌산공원으로 향하였다. 돌산공원에서 바라본 장군도는 한창 공사 중이었다. 공원을 한 바퀴 산책한 후 세계명차전시관에 들렀는데 이른 시간이라 문이 닫혀 있다. 돌산공원을 내려와 배로 남해에 가려던 계획은 변경을 하였다. 남해 가는 배가 휴항 중이었다. 우린 남도의 훈훈한 인심과 넉넉함을 가슴에 담고 8시에 남해고속도로를 타고 통영으로 향했다. 원래 통영은 계획에 없었지만 친구가 그곳에 살고 있어 때마침 연락이 되었다. 15년 만에 만나는 친구. 서로 생활에 쫓겨 살다 보니 어느새 세월이 그렇게 흘러버렸다. 통영에 도착하니 12시를 조금 넘었다. 빗줄기도 간간이 뿌렸다. 친구는 통영에서 유명한 다례사가 되어 있다. 우린 서로 누가 먼저라 할 것 없이 부둥켜안았다. 반갑고 보고 싶은 친구야, 눈시울이 뜨겁다. 가슴으로 지난 세월을 서로 말하였다. 친구의 정성 어린 차를 고마운 마음으로 받고 점심을 같이한 뒤 퇴근 후에 다시 만나기로 약속을 하고 우린 거제도로 떠났다.

학동 몽돌해수욕장의 한 숙소에 짐을 풀고 해변으로 산책을 나갔다. 이곳 해수욕장은 모래사장이 아닌 동글동글한 몽돌 자갈밭이었다. 몽돌해수욕장은 거제시의 캐릭터가 몽돌이와 몽순이가 될 정도로 그 지역에서는 유명한 관광지였다. 해변은 활처럼 길게 휘어져 멋진 경관을 이루었고, 작고 까만 몽돌들이 파도에 쓸려 사각거리는 소리가 해변의 야외 횟집에서의 운치를 한껏 업 시켜주었다. 뒤쪽으로는 수려한 산을, 앞에는 드넓은 바다를 배경으로 한 잔 기울이는 술 맛은 먼 길을 달려온 길손에게 꿀맛이었다. 거제도로 오는 길에 교통체증으로 도로 위에서 몇 시간씩 있어야 했던 짜증들을 말끔히 씻어주었다. 밤 11시에 친구의 연락받고 산중턱 고개 마루에 있는 산마루 레스토랑으로 우린 달려갔다. 산마루는 이미 영업이 끝났고 친구는 그곳을 통째로 빌렸다. 그녀는 통영에서 유명인사인 음악단장님과 함께 나타났다. 우리 부부만을 위한 콘서트. 단장님의 기타 솜씨와 노래 실력은 애잔한 듯하면서도 호소력 짙은 목소리가 가히 환상적이다. 친구는 젊었을 때 즐겨 부르던 이광조의 '나들이'를 시작으로, 우린 노래와 춤을 추며 여행의 여독을 풀어냈다. 새벽 두 시가 다 되어갈 쯤 작별을 했다. 그렇게 또 하나의 추억 만들기를 하고 그리움을 남겨둔 채 그곳을 떠났다.

다음 날 6시에 기상하여 해변을 둘러보고 아침을 한 뒤 해금강과 외도를 향하여 출발했다. 해금강은 바다에 불쑥 솟아 있는 바위 섬이다. 섬을 이루고 있는 바위에는 이슬만 먹고 자란다는 풍란과 용설란이 바위 높은 곳에 매달려 있다. 배는 해금강에서 가장 유명하다는 십자동굴을 잠깐 들어갔다가 다시 나왔다. 그곳을 벗어나

보석을 찾는 마음

사자바위를 만나고 사자바위 오른쪽에는 흙 한 줌 없는 바위꼭대기에 천 년을 버티고 살아왔다는 키 작은 소나무가 푸른 자태로 서 있다. 선장의 설명에 따르면 사람들이 진시황의 불로초를 구하기 위해 이곳까지 왔던 서불 일행이 줄을 메고 그네를 탔다는 전설이 서려 있는 곳이라고도 했다. 이 외에도 해금강에는 병풍바위, 거북바위, 미륵바위 등 아름다운 비경이 펼쳐져 있다. 해금강을 지나 외도로 향할 때 약간의 파도가 있어 배가 출렁거리자 바이킹을 타는 기분이다. 날씨가 어찌나 맑고 투명한지 그만 에메랄드빛 바다 풍경에 푹 빠졌다.

외도에 유람선이 도착하자 선장은 시간을 1시간 30분으로 한정해준다. 그것이 약간 못마땅했다. 경치는 여유 있게 관조해야 하는데 인파들 틈에 끼어 쫓기듯 하는 구경은 아름다움의 경치를 놓칠 뿐 아니라 마음만 바쁘다. 외도는 섬을 통째로 인위적으로 잘 가꾸어 놓은 수목원이다. 정성과 노력을 많이 들인 흔적이 고스란히 담겨 있다. 수목원은 그동안 여러 곳을 다녀보았기에 별반 다를 게 없었지만 바다 한가운데 있다는 것이 이채롭다. 외도는 〈겨울연가〉 촬영장으로 더 유명해졌다. 열대식물과 화원, 비너스 가든, 조각품들, 미술 작품을 전시한 갤러리, 선인장, 코코아 야자수, 선샤인 등 아열대 식물과 야생화들이 어우러져 푸르도록 시린 바다와 함께 조화를 이루고 있어 외도를 더욱 빛나게 하였다. 전망대에 이르러

바다를 바라보며 차 한 잔을 즐기기는 했지만 배 시간 때문에 바로 일어서야 해 아쉬움이 컸다. 많은 인파들 때문에 떠밀려 다니고, 사진 한 장을 찍으려 해도 한참을 기다리고 한곳에서 여유 있게 구경할 수가 없었다. 그냥 아름답다는 기억 이외는 추억이 남을 만한 시간이 부족했다. 외도를 나와 해안도로를 따라 드라이브한 뒤 발길을 돌렸다. 짧은 일정이었지만 그 어느 해보다도 알차고 보람된 휴가를 보냈다.

보석을 찾는 마음

아리스토텔레스는 최초의 문학인 시가의 발생이 인간의 모방 천성에서 시작되었다고 생각했다. 음률감이나 박자감 모두가 모방에서 기원했다고 생각한 것은 문학의 발생이 현실과 밀접한 관계가 있음을 긍정한 것이다. 16세기 이탈리아의 문예비평가 L. 카스텔베트로는 "시의 발병은 원래 오직 오락과 심심풀이를 위한 것이었다"라고 했고, 칸트, 쉴러, 스펜서 등은 예술의 기원을 유희설로 발전시켜 매우 큰 영향을 끼쳤다. 플레하노프는 많은 실례를 들어 "사회생활에서는 노동이 유희보다 앞섬"을 설명하였다. 그런가하면 다윈은 시가를 성적 욕구에서 발생했다고 보았다. 그는 원시인들은 처음에 "짝짓기 기간"에 노래로써 감정을 표현했고 "각종 복잡한 감정을 표현하는 말"도 이 때문에 생겨난 것이라고 했다. 프로이트 또한 예술은 성적 충동에서 발생했다는 설을 내놓았다. 이러한 이론들은 인간의 사회적 행동에 대한 성찰이 미흡하여 인간의 심리를 생물화시켰기 때문에 결코 과학적이지 않다. 헤겔은 시가가 종교에서 기원했다고 생각했다. 중국의 유사배도 "운율이 있는 문장이 하나의 종류만이 아닌데, 그 핵심을 종합해보면 항상 제사의식에서 발생했다"고 말했다. 서양에서는 예술이 '주술'에서 기원했다는 이론이 상당히 우세하다. 워즈워스는 시가가 감정의 기억에서 기원했다고 생각했다. "시는 강렬한 감정의 자연스러운 표현이다." 그것은 평온함 속에서 기억해낸 감정에서 시작한다. 마르크시즘에서는 시가를 포함한 모든 문학 예술은 인류의 노동에서 기원했다고 여긴다. 엥겔스는 오직 노동이 날로 새로워지고 달라지는 동작에의 적응에서 생겨나 오랜 시간에 걸쳐 살과 근육이 발달하여 골격이 특수하게 발전해 유전되어 내려왔기 때문이라고 한다. 그렇게 유전되어 내려온 기능이 점점 더 새로운 방식으로 발전해 사람들의 손 기능은 높은 수준에 도달했고, 이러한 기초에서 마치 주술에 걸린 듯이 라파엘의 회화, 조각 그리고 파가니니의 음악이 탄생될 수 있었다는 것이다. 노동은 인류의 가장 기본적인 활동이고 문학 창작의 물질적 전제는 노동에 의한 창작이다.

마르크스는 "물질생활의 생산 방식이 모든 사회생활·정치생활·정신생활의 과정을 제약한다. 사람들의 의식이 사람들의 존재를 결정하는 것이 아니고, 반대로 사람들의 사회적 존재가 그들의 의식을 결정하는 것이다"라고 주장했다. 문학의 창작은 정신생활의 과정으로서 사람들의 노동생활과 절대로 무관할 수 없다. 객관적으로 존재하는 사회생활은 문학창작의 현실적 기초이다.

그렇다면 여기서 나는 왜? 문학을 하는가? 자신에게 끊임없이 던지는 질문이 바로 문학 공부를 왜 하는가이다. 문창과에 들어와서 묻고 또 묻는 질문이다. 문학을 하려면 인간에 대한 이해, 사람과 사람 사이의 관계, 사람과 환경 사이의 관계, 사람과 영적인 존재 사이의 관계, 인간의 내면세계에 대한 이해, 인간의 보편적 갈등과 정서이해 등 탐구해야 할 대상이 너무 많다. 그러나 궁극적으로 문학을 한다는 것은 늘 깨어 있는 정신으로 유익한 삶을 살기 위해 노력하는 것, 즉 그것은 나의 무의식 속에 잠재되어 있는 영혼을 깨우는 작업이라고 생각한다.

화가는 글자가 탄생하기 이전부터 벽에 그 시대상을 그림으로 표현하여 기록을 남겼고, 가수는 노래로 대중들의 마음을 사로잡고, 작곡가는 악곡을 지어 불멸의 곡을 남기기도 하였다. 피아니스트는 피아노 연주로 전율이 흐르는 짜릿한 감동을 안겨주고, 운동선수는 경기에서 승리를 보여줌으로써 자신의 성취는 물론 응원하는 사람에게도 기쁨과 행복을 안겨준다. 그런가 하면 연기자는 다양한 변신의 연기를 훌륭하게 소화할 때 돋보이고, 광고를 만드는 사람은 소비자의 마음을 움직일 때 살아 있는 '광고쟁이'라고 할 수 있다. 건축가는 자신만의 독특한 건물을 지어 도시의 미학을 꿈꾸고, 과학자는 신기술을 꾸준히 발명하여 인류의 발전에 기여한다. 그들은 각 분야에서 열정과 노력, 그리고 자기만의 독특한 표현의 소리로 타인과의 소통을 이룬다. 위트 호보스가 "훌륭한 광고는 송신자와 수신자 간의 고도의 개인적 커뮤니케이션이다" 라고 했듯이 작가가 글을 쓰는 것도 독자와의 커뮤니케이션, 즉 혼자의 독백이 아니라 대화여야 한다.

나 역시 문학의 길로 접어든 것은 우연에서 시작하여 필연이 되었다. 어려서부터 글 쓰는 것을 싫어했기에 작가가 되겠다는 생각을 해본 적이 없다. 작가는 보통 사람보다 뛰어난 직관과 영감, 그리고 풍부한 상상력을 타고난 사람들만이 하는 선택받은 직업이라고 생각했다. 그러나 책읽기를 좋아하여 여러 장르의 책을 가리지 않고 읽었다. 책도 마약처럼 끊을 수 없는 취향이다. '책은 인간의 호기심과 열정과 집착을 끝없이 부추기는 강력한 마력을 갖고 있다'라는 내용에 크게 공감한다.

평범했던 내 인생. 불혹의 나이를 넘긴 어느 날 삶의 전환기를 가져오는 대이변이 일어났다. 우연히 동료를 따라 백일장에 갔다가 책을 좋아하니 글을 한번 써보라는 권유로 글을 썼다. 그날 백일장 시제가 마음에 들었다. 운 좋게 입선을 하였다. 처음으로 타인과의 소통이 이루어진 것이다. 들뜬 마음과 기쁨 마음은 잠깐이었다. 어디까지나 운이 좋아서 된 것이라고 스스로를 격하시켰다. 그 후로 문학에 대해 마음을 비우려 해도 가슴 한 곁에서 떠나지 않고 무언가 계속 말하라고 다그쳤다. 다시 한 번 나를 시험해보고 싶어 이듬해 백일장에 도전을 하여 또 입선을 했다. 하고 싶은 말을 진솔하게 표현하니 타인과의 대화가 통한다는 것을 느끼는 순간 알 수 없는 희열에 들떴다. 그날 이후 동아리 모임을 통하여 문학수업이 이루어졌고, 2001년에 수필가로 등단하였다.

등단은 시작에 불과했다. 무식하면 용감하다고 무조건 하고 싶은 말을 쏟아놓으니 내 글이 문학적 작품으로 가치가 떨어지는 것을 느꼈다. 방황이 시작되었다. 수필을 쓰지 않기로 마음먹고 몇 년 동안 작품을 내지 않았다. 동인들의 모임에도 소원해졌다. 한 줄의 글도 쓰지 못한 채 모임에 나가는 것이 부담으로 다가왔다. 자신도 만족하지 못하는 글은 남도 만족할 수 없다는 것을 알자 부끄러워졌다. 10년이면 강산도 변한다고 했는데 나의 글은 별다른 발전 없이 제자리걸음이다. 글쓰기를 쉽게 내려놓지도 못하고 문학의 주변을 맴돌며 가슴앓이를 하였다. 자기의 언어로 신선하고 세련된 글을 써야 한다는 부담은 턱밑까지 차고 올라와 숨조차 고르기 힘들게 하였다. 문학을 포기하려고 할수록 욕구가 솟아나는 것은 이 또한 무슨 조화인가. 이때 내 마음을 움직인 단 한 줄의 시가 있었다.

> 결국 나의 천적은 나였던 것이다

〈천적〉 조병화

인생이라는 긴 여정은 결국 자신과의 싸움이다. 원하던 심리학 공부도 포기했는데 문학마저 포기하는 것은 자신과의 싸움에서 패배를 인정하는 것이다. 궁극적으로 문학은 자아발견이고 타인과의 소통을 위한 나만의 표현인 것이다.

수필의 진정성과 시간을 담는 글쓰기

– 이숙영의 수필집《보석을 찾는 마음》

김동혁 경일대 초빙교수, 문학평론가

1.

문학의 관심사는 그 어떤 장르를 불문하고 '잘 살기'라는 인간의 기본적인 욕구를 넘어서서 존재할 수 없다. 어떤 삐딱한 작자가 '못 살아보자'는 의도를 가지고 문학을 생산한다고 하더라도 그것은 결국 잘 살기 위한 '역설'의 의도로 독자에게 읽히고 말 것이다. 말하자면 문학은 무엇을 어떻게 쓰든, 사는 이야기를 쓰는 것이며, 그 사는 이야기에 관한 행간의 차별성이 장르의 바운더리(boundary)를 나누는 것이다.

'사는 이야기'의 '어떻게', 즉 사는 이야기를 담아내는 방식 중에서 가장 일상적인 장르는 수필이다. 수필은 우리에게 주어진 시간을 큰 가공 없이 기록하고 기억하게 하는 글쓰기의 장르다. 생각해보면 우리는 무궁(無窮)한 시간의 어느 지점에서 우연히 태어나 무진(無盡)할 시간의 어느 지점에서 소멸한다. 그 무궁과 무진의 어느 지점들 속에서 우리는 시간과 갈등하며 살고 있는 것이다. 애초에 '잘 살아보자'라는 인간의 기본적인 욕구가 만들어진 것은 결국 우리는 '겨우 겨우' 살아가고 있다는 시간에 관한 잠정적 패배감 때문인지도 모른다. 그런 의미에서 수필을 쓰는 이들은 '겨우'와 '겨우' 사이에서 지나간 '겨우'와 다가올 '겨우'에 무척이나 관심이 많은 이들이다.

한편 수필은 '나'를 공개하는 문학 장르이다. 말하자면 익명성이 보장되지 않는 이 방식의 글쓰기가 수필의 문학적 경계를 애매하게 만들기도 하지만 한편으로 생각하면 그 반대일 수도 있다. 왜냐하면 익명성이 보장되지 않기 때문에 우리는 수필 앞에서 그만큼 소심한 글쓰기를 할 수밖에 없다. 수필 속에 '나'는 수필적 페르소나가 작동해서 만들어진 '나'인 셈이다. 수필은 이 수필적 페르소나가 얼마만큼 미학적으로 이루어지느냐에 따라 그 완성도가 결정된다. 가면을 쓰지 않은 수필은 개인의 단순한 일상적 고백에 머물 수밖에 없을 것이고 한편 너무 가면 뒤로 숨은 수필은 잠언적이고 계몽적인 딱딱함으로 이루어질 수밖에 없기 때문이다. 이런 두 대립적 방향의 균형을 잡아주는 힘은 분명 글이 가진 진정성일 것이다.

2.

이숙영의 수필집 《보석을 찾는 마음》(문학의숲, 2016)은 겨우와 겨우 사이, 그 어느 지점에 서 있는 작가의 '시간'과 '사람' 그리고 '문학'에 관한 관심을 모은 책이다. 물론 이 책이 담고 있는 시간과 사람, 문학이라는 주제가 글을 쓰는 이들에게 새삼스러울 관심사는 아니다. 하지만 이 책에는 별 것 아닌 것을 별 것으로 읽히게 하는 힘이 있다. 아마도 이 글의 행로는 그 '별 것'으로 읽히는 '별 것 아닌 것들'을 찾아가는 여정이 아닐까 생각해본다.

> 지금 생각해보면 삶이란 끊임없이 반복되고 반복되는 일상이다. 하나의 문제가 해결되면 그것으로 고통이 끝날 것 같은 기쁨도 잠시, 삶은 또다시 또 다른 번민과 갈등이 생기고 지속된다. 그렇다면 반복되는 삶을 인정하고 받아들여야 하지 않을까. 그래서 니체도 동일하게 반복되는 고통의 삶을 있는 그대로 긍정하라고 했던 것 아닐까.
>
> – 〈가훈 바꾸기〉 중에서

위의 지문은 《보석을 찾는 마음》에 드러나는 작가의 수필관을 단적으로 드러내고 있다. 말하자면 작가는 시간을 인정하는 글쓰기를 하고 있다. 이 작품집은 시간이 만드는 삶의 여러 양상을 작가의 차분하고 진지한 언어로 담아낸다. 그 언어는 무책임한 잠언이나 멀리 느껴지는 관념이 아니라 다양하고 진정성 넘치는 이야기로 만들어졌다. 또한 이야기를 구성하는 사건의 얼개가 무척이나 구체적이다. 그래서 작가의 작품은 글보다 말에 가깝지만 경쾌할 정도로 짧은 문장과 적확한 표현은 작가의 필력을 느끼게 한다.

통상적으로 수필은 자기중심적인 글이다. 자기를 중심으로 타자를 비판하고 사물을 관조하는 것이 수필이다. 하지만 이숙영의 글은 되도록 이런 식의 글쓰기를 지양한다. 특히나 시간 앞에 겸손한 자세를 유지하며 일상의 이야기를 풀어가는 방식은 이 작품집의 큰 축이다. 일상 속에서 벌어지는 수많은 갈등 앞에 작가는 늘 먼저 손을 내밀었다. 작품을 통해 알 수 있는 이 화해의 손길은 결코 상투적인 삶의 처세가 아니라 자신을 되돌아보고 갱신하는 진지한 의식이며 그 의식의 방법은 갈등의 '인정'이다.

작품 〈불면증〉을 살펴보자. 작가는 헛병으로 밤잠을 설친다. 뜬 눈으로 밤을 지새우다보니 눈마저 뻑뻑해져 인공눈물을 넣어가며 겨우 버티고 있다. 시간이 흘러도 호전의 기미는 보이지 않고 도리어 이곳저곳 더 아픈 곳만 늘어가는 실정이다. 안과, 이비인후과, 내분비 내과, 산부인과까지 모조리 검사를 해보았지만 특별한 이상 징후가 없다. 그런데도 여전히 증상은 좋아지지 않고 있으니 답답한 심정이다. 그 원인을 캐보고자 작가는 자신의 일상을 빠짐없

이 기록한다. 그리고 그런 작업 중에 뭔가 중요한 사실을 깨닫게
된다.

> 나의 불면증은 어제 오늘 일이 아니다. 그건 체질적이라 할
> 정도로 어릴 때부터 시작되어 평생을 그렇게 살아왔다. 시험
> 때만 되면 긴장하여 잠을 못 이루고 배가 아프고 설사를 했
> 다. 중요한 미팅이 있어도 그렇고 일이 완벽하게 풀리지 않아
> 도 긴장하여 잠을 설친다. 그런가 하면 잠이 들기까지 시간이
> 오래 걸리고, 부질없는 생각으로 꼬박 날밤을 새운 것은 셀
> 수도 없다. 그런 날은 새벽에 깨어 몽롱한 상태로 아침을 맞
> 이하곤 했다. …(중략)… 지금의 병에 가장 영향을 많이 미치
> 는 것은 불면증인 것으로 나타났다. 수면이 부족할 때 신체
> 리듬이 깨져 쉽게 피로하고 눈이 더 건조하고 입이 더 마르고
> 두통이 오는 것을 느낀다. 인체는 신비하여 중심을 잃고 어느
> 한쪽으로 쏠리면 결국 병이 나게 마련이다.
>
> — 〈불면증〉 중에서

어쩌면 이러한 깨달음을 고백하는 것이 수필 쓰기의 진정성이
아닐까. 다른 곳에 병이 나서 잠을 못 이루는 것이 아니라 잠을 못
이루어서 다른 곳이 아프다는 것을 알게 된 작가의 이 작은 고백에

독자는 순순히 공감하고 만다. 공감할 수 있는 이야기를 만드는 방법은 우선 무질서한 일상의 체험에 일정한 질서와 의미를 부여하는 것이다. 수필의 시작은 결국 우연이고 우연은 무질서할 수밖에 없다. 하지만 그 무질서를 꼼꼼히 돌보고 하나하나에 관해 깊게 사유하다 보면 문학적 인과관계가 형성되기 마련이다.

수필은 분명 일상을 매만지는 작가의 역량에서 그 완성도가 결정된다. 그런 의미에서 '아파서 잠이 안온다'는 이 별 것 아닌 일상을 '잠을 못 자서 아프다'는 깨달음으로 승화시키는 작가의 능력은 분명 '별 것'이다.

3.

이숙영의 수필이 시간을 담아내는 형식적인 특징은 화자가 현재 보고 있는 일상들의 모습에서 시작하여 그것에 연상되는 과거의 경험을 기억해 내는 방법과 '나' 안에 들어 있는 '타자'의 모습을 불러내 조우하는 방법이다. 전자의 방법은 대다수의 수필가들이 과거의 시간을 가져오기 위해 자주 사용하는 방법이다. 그만큼 수필에서 연상은 시간을 매만지는 흔한 공정이다. 작가는 늦은 시간 남루한 차림으로 보석상에 들어선 한 사내의 모습에서 눈물겹던 과거의 삶을 떠올리고(《즐거움을 선물한 손님》), 새벽안개의 흐린 시야 사이로 오래 전 짊어져야 했던 삶의 무게를 기억해내고(《가

을, 안개 속으로〉), 출근길 만난 새싹의 풋풋함에서 소녀 시절 안식
처로 삼던 앞산의 묘지를 추억(〈자연의 소리〉)한다.

  그런데 작가는 이런 손쉬운 연상의 이면에 '타자' 하나를 숨겨
두는 버릇이 있는 듯하다. 이숙영 수필에서 과거 속에 '나'는 지금
의 '나'가 만나는 타자다.

> 꿈은 접었지만 스스로 원해서 접은 것이 아니라 이겨내지 못
> 해서 접은 것이라 후폭풍은 그야말로 풍전등화였다. 희망을
> 잃어버린 나는 세상을 원망하고 사람들을 원망하고 고독 속
> 에서 나를 가두었다. 때론 고독마저도 사치와 허영이라고 생
> 각하며 수많은 밤을 불면으로 보내곤 했다. 그런가 하면 내면
> 에서 끊임없이 요구하는 삶의 욕망과 현재의 자신의 처지가
> 비교되면서 점점 깊은 수렁으로 내 발은 빠져들었다.
>
> – 〈가을 안개 속으로〉 중에서

  이렇게 과거의 경험 속 '나'는 작가에 의해서 '타자'가 되었다.
이것은 단순하게 자신의 삶에 대한 궤적을 되돌아보는 행위가 아
니다. 당시의 '나'가 가지는 의미를 부각시키기 위해 자신의 삶을
새롭게 해석하고 재탄생시키고 있는 것이다. 지금 가을 안개를 바
라보며 떠올린 과거의 '나'는 세상을 원망하고 있지 않다. 당시의

'나'는 세상의 냉혹함에 몸서리를 쳤겠지만 현재 작가가 떠올린 '나'의 모습 속에는 삶의 이면을 깨닫지 못한 자신을 되돌아보는 어조가 강하다. 다시 말하면 과거의 '나' 속으로 들어가 그 속을 적극적으로 개조하고 있는 것이다. 이는 과거의 자신을 철저히 타자화시키는 방법이다. 인간은 비교적 남의 일에 객관적이고 냉철하다. 말하자면 이 타자화는 작가가 자신을 가장 엄격하게 성찰하는 방법이기도 한 셈이다.

수필가가 남의 얘기하듯 내 얘기를 할 때 독자와의 거리는 좁혀지게 된다. 어쩌면 오늘 새벽 작가가 만난 안개는 과거의 작가가 만났던 안개보다 더 지독한 것일 수 있다. 하지만 그것 역시 바람이 불고 해가 뜨면 걷힌다는 것을 상기하기 위해 작가는 과거, 죽음까지 결심했던 어느 시절 자신의 이야기를 남 이야기하듯 하고 있는 것이다.

그렇다면 작가의 현재적 삶은 어떠한가? 주제적으로 볼 때, 작가는 현재의 행복한 삶을 이야기하는 자리에서 주로 '노동'의 기쁨을 끌어온다. 작가는 삶을 살아가면서 해야 하는 역할에 대해 그리고 자신의 위치에 대해 매우 엄격한 잣대를 들이댄다. 아내의 역할과 어머니로서의 위치, 학생으로서 문학인으로서 가져야 할 소양, 또한 삶을 영위하기 위한 사업가로서의 본분까지 어느 하나 소홀하지 않으려고 노력한다. 그런데 작가의 이런 노력을 실체화시키

보석을 찾는 마음

는 것은 모두 노동이다. 그것도 기쁜 노동이다.

내가 꿰매준 운동화를 신고 우리 아이도 엄마의 사랑을 마음
으로 느낄 수 있으리라. 진정한 사랑이 무엇인지를 깨닫고 받
은 사랑만큼 이웃에게 돌려줄 수 있는 그런 아이로 키우고 싶
다. 가난을 겸허한 마음으로 받아들일 줄 아는 그런 아이로
자라준다면 더 이상 바랄 게 없다. 아버지의 크신 사랑이 따
뜻한 감성으로 살아가는 오늘의 나로 이어졌듯이 다음의 우
리 아이에게로 이어지기를 희망한다.

- 〈희망이란〉 중에서

작가는 9시 TV뉴스를 보며 아이의 떨어진 운동화를 꿰매고 있
다. 열어둔 창문 틈으로 가을 밤바람이 불어 들어온다. 마침 TV에
서는 자본주의의 씁쓸한 소식을 전하는 뉴스가 흘러나오고 있다.
작가는 평소 자신의 몸에 밴 검소한 생활 습관에 관해 생각한다.
유년시절, 작가는 아버지와 인천자유공원으로 나들이를 나갔다.
그곳에서 작가는 놀이기구 대신 아버지의 목말을 탔다. 그리고 그
순간 유년의 작가는 많은 것을 깨달았다. 가지고 쓰는 삶의 윤택함
보다 아끼고 베푸는 삶의 따뜻함을 알게 되었다. 그리고 그 따뜻함
이 작가의 인생에 하나의 희망이 되었다.

작가는 늦은 나이에 공부를 다시 시작했고(〈지옥훈련〉), 중학교 2학년에 접어든 아들을 찾아 나섰고(〈스쳐가는 바람〉), 찍찍이가 떨어진 아이의 운동화를 꿰맨다(〈희망이란〉). 일복 많은 손으로 시원한 술국을 끓이고, 손님 접대 음식을 차리며, 이른 김장(〈술국〉, 〈손복〉, 〈김장〉)을 해치운다. 그 뿐인가? 늦은 시간 가난하지만 가슴 따뜻한 손님에게 손해 보는 장사(〈즐거움을 선물한 손님〉)를 했고, 글감을 찾느라 먼 이국땅에서 깊은 사색에 잠기기도 했다. 나열한 작품을 읽어보면 알겠지만 작가에게 노동은 고된 일상사가 아니라 자신의 삶을 자신의 것으로 만드는 기폭제이다.

일복에서 손복으로 바뀌어 귀한 손이 되었지만 한편으로 은근히 겁도 난다. 이웃들과 모여서 음식을 만들며 이런저런 훈훈한 이야기하며 사는 재미도 잊혀진다. 만남의 횟수가 줄어들어 따뜻한 마음 주고받던 소중한 사람들을 잃어가고 있는 것은 아닌지 모르겠다. 이러다 진짜 내 손이 녹이 슬어 못 쓰게 되면 어쩌나 살며시 걱정도 된다. 내일은 아무리 힘들어도 부침개라도 부쳐 상가 사람들과 나누어 먹으려는 마음에 어느새 내 손에는 시장바구니가 들려 있다.

- 〈손복〉 중에서

〈손복〉에서의 고백처럼 작가는 노동을 두려워하지 않는다. 무슨 일이든 미루지 않고 우선을 해치우고 본다. 어쩌면 이런 작가의 생활 태도는 미래에 관한 뚜렷한 희망을 품고 있기 때문인지도 모른다. 작품집 전반에 걸쳐 드러나지만 작가의 일이 꼭 자신만의 안녕을 위한 것은 아니다. 작가는 많은 시간을 남을 위해 일한다. 그들을 먹이고 거두고 챙기면서 그 수고만큼의 만족감을 얻는다. 세월이 흘러 예전만큼 살뜰히 챙기지 못하는 이들에게는 늘 미안하고 그 미안함을 일종의 빚으로 여기며 산다.

4.

수필은 기록성이 강하다. 기록이라는 단어가 가진 어감에서 알 수 있듯 수필에서의 글이 반듯이 문학적 특성에 부합해야 할 이유도 없다. 수필은 인물의 형상화나 사건의 치밀한 얼개 등에 얽매이지 않고 실제로 있었던 일을 충실하게 서술하거나 알리는 교술의 장르이다. 물론 작가에 따라 기록성에 중점을 두는 경우도 있고 문학성에 심혈을 기울이는 경우도 있다. 그렇다면 이숙영의 《보석을 찾는 마음》은 어떠한가?

단적으로 말해 이숙영의 수필은 기록성에 중점을 둔다. 물론 작가의 수필이 경험만을 기록하는 데 머문다는 것은 아니다. 이 작품집이 가진 기록성이라는 지적은 곧 객관적이라는 의미이다. 작가의 글은 객관성에 바탕을 두고 만들어진다. 객관적 기록 앞에서 작가는 정서적인 표현을 삼가는 편이다. 그래서 이숙영의 수필은 작위적인 구성이나 지나친 정서의 표현으로 인한 부담감이 없다. 일상적인 문법에 충실하면서 소박한 기록과 절제된 정서로 만들어진 글들은 수필 읽기의 큰 미덕이다. 의미를 파악하지 못해 같은 문장을 여러 번 반복해서 읽어야 하는 수고로움은 수필장르에 어울리지 않는다. 언급했다시피 이숙영의 수필은 글보다는 말에 가까운 느낌을 주는데 거추장스러운 문학적 수사를 걷어내 작가의 소박한 감성을 마치 '듣고 있는 것'처럼 만드는 힘이 있다. 꾸밈이 없는 글쓰기, 그것은 이숙영 수필이 지향점이고 매력이다. 화려한 겉치레로 독자를 유혹하지 않고도 읽기를 멈추지 못하게 힘이 있다. 아마도 이러한 능력은 수필을 바라보는 작가의 '관(觀)'에 다름 아닐 것이다.

"궁극적으로 문학을 한다는 것은 늘 깨어 있는 정신으로 유익한 삶을 살기 위해 노력하는 것, 즉 그것은 나의 무의식 속에 잠재되어 있는 영혼을 깨우는 작업"(〈문학은 나에게 무엇인가〉)이라는 고백처럼 작가의 수필이 무의미하게 스쳐버릴 수 있는 일상의 소소함을 기록하고 나아가 진정성 있는 읽을거리로 재생산되길 기대한다.